KEY·可以文化

艾伟作品

艾伟 著

过往

An Everlasting Life

浙江文艺出版社
Zhejiang Literature & Art Publishing House

目　录

过　往

蓝山咖啡馆晚上十点半后生意好了起来。它在永城大剧院北侧的一个小巷子里。有演出的晚上，一些观众（大都是年轻人）会来这儿喝一杯咖啡，吃一碟点心，讨论一会儿剧情，然后回家。演出结束后，演员们喜欢去永江边的大排档庆祝，平常他们更多在中午或排练的间隙来这儿讨论，顺便填饱肚子。广济巷曲折幽深，道边的香樟树树冠彼此交叉，快把天空遮蔽了，巷子里的中式旧建筑在这个城市里可算是硕果仅存，让这条巷子显出古雅之意。蓝山咖啡馆闹中取静，生意不错。

黄德高和另外一个人在咖啡馆已待了一阵子。黄德高胃口惊人，每次来这儿他都会点一份商务套餐，外加一只汉堡，一杯咖啡。小小的咖啡杯子和汉堡放在一起显得相当突兀。他是个喜欢说话的人，一直和对面的人在滔滔不绝。对面的那个男人大约三十多岁，寡言沉静，一刻不停注视着黄德高。他的左眼混浊，看人的时候仿佛对不准焦距。不过另一只眼睛倒是特别明亮。

“你的左眼瞎了吗？”黄德高问。

“模模糊糊看得见。”对方说。

“你看我时，左边那只眼睛好像在看另一个地方。”黄德高说。

一个时髦的女人正从左边过来，衣着鲜艳，超出她年龄，脸上还留有演出彩妆的痕迹。黄德高猜想她应该是一个演员。这年龄的演员大概过气了。

今天黄德高心情有些复杂。这是他最后一单生意。早些年他在省城接单，生意越来越不好做，他已被挤到永城这地界了。干完这单他想金盆洗手，从此远走他乡，隐姓埋名，过另一种生活。他的另一个身份是诗人。以往每次他把单子放出去之前，都会和对方谈诗，不管对方听得懂听不懂，他会把自己写的诗念给对方听。他经常重复的诗句是："我可怜的身体，如此消瘦，像这块土地一样贫瘠，一如我的出身，饥饿是我的灵魂。忍受匮乏，罪孽深重。亲爱的，你是我渴望的甘泉，让我清洁……"是一句情诗，不过他早已把这句诗当成他的《心经》，他的大明咒。他相信这句话从他口中念出来后，一切便可以完美达成。今天，他没念。这是最后一单生意，他不准备念，以此表明他诀别江湖的决心。

他已把桌子上的食物吃完了。他心满意足地看了一眼杯盘狼藉的桌子，点上一支雪茄，深深吸了一口，吐出浓重的烟雾，然后把手伸进夹克胸口，拿出一只信封，交到对方手中。虽然已是夏天，黄德高办事时喜欢穿这件黑色夹克，这是他办事的行头，他固执地相信这黑夹克会给他带来好运。

“所有的资料都在里面，包括定金，另一半完事后再付。”黄德高说。

对面的人打开信封，先把一张银行卡取出来，对着灯光看了一眼，好像借此可以辨别真伪。他把银行卡放到衬衫口袋里，然后抽出信封里的照片，看起来。有三张照片。一个板寸头男子，方脸，眉毛稀疏，此人戴着一副墨镜，有两只大号的招风耳朵，看上去气场逼人，有老大派头。第二张此人穿着黑色T恤，表情严肃地看着某处。再一张在某个澡堂，他上身赤裸，下半身浸泡在池子里，偌大的池子里只有他一个人，眼睛警觉地看着某处，好像他意识到有人正在偷拍他。

“仇家是谁?”对方问。

“这不是你该管的事。”黄德高说。

“我要知道他是不是命当该死。”对方很固执。

黄德高笑了。他觉得对方是个有原则的人。他喜欢有原则的人。有原则的人靠谱。不过黄德高的原则是他不会把委托人的信息告诉任何人。这是江湖规则。

“失子之恨。”黄德高胡乱编了一个。

对方似乎很满意，收起信封，站了起来，说：“知道了，给我三天时间。”

黄德高把抽了一半的雪茄按在咖啡杯子里，掐灭：“事成后通知我，下次见面还在这儿。”黄德高伸出手，那人犹豫了一下，也伸出手。两人敷衍地握了一下。这一握让黄德高心里颇不踏实。他想，也许今天犯了一个错误，他没念那句诗。一种毫无来由的不安让他一遍一遍在心中默念起那诗句。他希望为时不晚。

走出蓝山咖啡馆，黄德高回头往咖啡馆内望了一眼。那个服饰艳丽的女人站起来看着他。他对她没兴趣。他的目光越过她的头顶，看到蓝山咖啡馆那只超大电视机上满屏烟花，因为电视机静音，使烟花看起来相当落寞，好像这个世界因此深不可测。

一

虽然每晚回家都已是凌晨，秋生还是每天早上九点钟准时到公司。办公室在“锦瑟年华”娱乐城的顶楼。这是娱乐城最安静的时刻，要到下午才会有一些客人来这儿唱歌或跳舞。当然高潮还是晚上，人们身体里的激情似乎到了晚上才蠢蠢欲动，好像夜晚对人们而言自带荷尔蒙，引导人们去追逐音乐、美酒或女人。有时候秋生想，要是没有夜晚这世界该有多么单调。

即便在办公室里秋生也喜欢戴着墨镜。他穿着衬衣，衬衫领子雪白挺括，板寸头让那两只招风耳朵更为显眼。保镖进来说，夏生在楼下有事找他。秋生皱了皱眉头。已有好久没见到弟弟夏生了，一年或者更久？记不得了。他们兄弟之间不来往很久了。秋生让保镖去把夏生带上来。

夏生站在秋生面前，面容苍白，显得有点拘谨。夏生知道秋生讨厌他是一名戏子。夏生在永城越剧团做演员，扮小生，混迹在一堆女演员中，身上一点男子气魄都没有了。秋生有一次对他出言不逊，说他最恨的一件事就是男人娘娘腔。秋生感到奇了个怪了，同父同母所生，他们兄弟俩完全是两种人。

夏生热爱演戏，舞台让他快乐。夏生对秋生的看法不以为然。秋生总喜欢把自己那套人生逻辑强加到他身上。秋生是错的。人生哪里可以如此单一，秋生也不是人生模板（事实上他也不配成为模板）。夏生自有夏生的活法。每次秋生像一位父亲一样训斥夏生时，夏生都是一只耳朵进一只耳朵出。有一次，秋生甚至要夏生辞了剧团的公职，到他的公司来做艺术总监。

“你在这儿随便混混都比演戏强，现在谁还看你们的戏?”秋生说。自那以后，夏生不再愿意见秋生。秋生偶尔会给他打电话，问他近况，夏生都说很好。夏生知道秋生关心他，只是夏生反感秋生的关心里暗藏着一个父亲的角色。

一个星期之前，夏生收到母亲的来信。母亲在信里说她得了重病。她没有详述自己得了什么病，只说自己弥留在世的时间不多，想在最后的时光同秋生和夏生生活在一起。母亲在信里没有提起冬好。这也算正常，冬好的状况在与不在没什么区别了。夏生收到信后心情复杂。母亲是她那一代最出色的戏曲演员。越剧演员无论小生旦角还是老生小丑，基本上清一色由女性出演，夏生作为一个男生成为这个剧种的一员，不能不说是受到母亲的影响。虽然夏生和母亲在同一个圈子里，见面的次数却不多。母亲晚年嫁了一个老干部，去了北京。据说老干部是她的戏迷。母亲定居北京后，夏生没去过她的家，母亲也不太和子女联络

（不过没去北京前母亲也很少联系他们）。有几次夏生进京演出，请母亲看戏，母亲和秋生一个德性，看戏后没一句好话，挑的全是毛病。“你都演成什么样子！你的才华及不上秋生的小指头。”母亲说这话让夏生既生气又委屈。秋生五大三粗，对戏根本不感兴趣，母亲竟拿他同秋生比。夏生从来没见识过秋生有任何戏曲才华，没听秋生唱过一句戏。不过母亲一直偏爱秋生，偏爱到不讲常理。夏生也就见怪不怪了。后来夏生能不见母亲就不见。夏生偶尔会想起母亲，她在忙些什么呢？在北京过得好吗？不过也只是一个念头而已，转瞬即逝。那日突然收到母亲的信，夏生还是蛮吃惊的。

夏生坐在秋生大办公桌对面，低着头，一副丧气样。他能感受到墨镜背后秋生的目光。夏生不想先开口，等着秋生说话。兄弟俩沉默了好长一阵子。秋生问：“碰到麻烦了？”夏生摇了摇头。秋生松了一口气，说：“那就好。”

秋生问起庄凌凌："还同那个姓庄的女人搞在一起？"夏生没回答。夏生怕出乱子。秋生几年前派人警告过庄凌凌，要庄凌凌放过夏生。秋生传话给庄凌凌，说庄凌凌是都可以当夏生妈的人，难道要耽误夏生一辈子。夏生对秋生的做派一向不以为然，即便是对他的关心，也过于粗暴。秋生振振有词，说你得有自己的生活。

夏生不想同秋生多拉家常。每次都是这样，聊到后来都是一个结果——不欢而散。好像他们彼此有仇似的。从前不是这样的，小时候秋生从母亲那里偷了钱，在街头买雪糕，总是不忘给夏生买一块最好的，然后到处找夏生，找到夏生时雪糕都融化了。秋生打他一记后脑勺，说，你快吃掉，否则我不给你吃了。说着自己咽一口口水。夏生乖巧地让秋生吃一口，秋生凶狠地白他眼，不再理他。

夏生从口袋里掏出母亲的信，递给秋生。秋生很快扫了一眼母亲的信，轻蔑地说："你就为这事来的？

她也给我写过信，我没理她，我警告你，你也别理她。”

夏生直视秋生。秋生的反应他是料得到的。“她快要死了呀。”夏生说。“鬼才信她，她嘴里没一句真话。”秋生说。似乎语气还不够强烈，秋生又说：“她要死了才想起我们来？早先呢？早先她只知道一个人找乐子，这辈子像没见过男人似的。”夏生低下头，秋生的说法他无法反驳。母亲这辈子有几次婚姻？五次还是六次？多得让夏生记不过来了。

夏生今天是硬着头皮来找秋生的。这事拖了一周了。母亲信里写得很清楚，她现在一个人生活，感到很孤单。母亲难道又离开了那老干部？不管怎么样，她快死了，做儿子的不能不管她。他希望秋生能把母亲接来，秋生家大，又有保姆，可以照顾母亲。

秋生把那封信还给夏生。他转了话题，问：“你那新戏排得怎样了？”夏生很吃惊。他没想到秋生关心起他的戏来。秋生一向以夏生是演员为耻的，他不知道秋生这是何意。

一个月前，庄凌凌弄来一个剧本，非常棒。夏生也没多想秋生何以知道此事，秋生总有办法知道他想知道的，他长着一对奇怪的耳朵，好像他的耳朵在整个永城飞，没有什么事瞒得了他。夏生说：“还没排呢，钱还没找到。现在排戏就是把钱倒水里，本都收不回来，没人愿意赞助。”秋生讥讽道：“你们是把自己砸到了水里，你们一心想淹死，没人能救得了你们，早上岸早超生。”秋生还是老调调。

夏生再一次认定，和秋生谈戏就是鸡同鸭讲，自取其辱，千万不要涉及这个领域。夏生打算早些离开。他站起来准备告辞。秋生一动不动。他又打开抽屉，像在找什么。夏生本来打算走的，以为秋生改了主意，站着看秋生。秋生抬起头来说：“我警告你，你不要把她接来，你要是接来，我饶不了你。”

夏生刚升起的希望一下子破灭。他艰难地咽了一口唾沫，低下了头，转身往办公室外走。他明白所谓的“饶不了你”的意思，就是秋生会揍他一顿。夏生从小没少挨秋生的揍，对他好也揍，教训他也揍。夏生往外走时，听到背后传来秋生的声音：“如果你把她接回来，我也会把她赶走的。”夏生心里冷笑了一下，想，秋生管不了他，他完全可以自己做主。他决定把母亲接回来。

夏生走后，秋生颓然倒在沙发上。一会儿，他站起来，突然唱起戏来，尖细的曲调轻柔地从他嘴中出来，和他的形象形成奇怪的反差。好像这会儿他穿上了水袖戏服，成了舞台上的花旦，兰花指翘着，身段妖娆。这些戏都是秋生小时候在黑暗的剧场看着演员们排练学的。不过秋生从来没在任何人前展示过他的“才艺”。那时候母亲到哪里都喜欢带着秋生。剧团排练时，秋生在黑暗的剧院里钻来钻去。有时候去化妆间，天热的时候，那些女人几乎袒胸露乳。她们喜欢把秋生叫成干儿子。母亲不愿意她们这么叫，她经常说的一句话就是，他差点要了我的命，生他时我难产，不许你们当他的干娘。母亲越是这么说，那些女人越要占秋生的便宜。

那时候他们一家还是团聚的。母亲的演戏事业是这个家庭的中心。父亲是永城文化馆的一位音乐老师，可他的心思都在母亲身上。他正在根据母亲的演艺特长编写一出新戏，希望此剧能挖掘母亲的所有优点。很多人认为父亲不谙世道，行为怪异。秋生也信不过父亲，不认为父亲能写出好看的戏来。只有母亲崇拜并相信父亲，他们很恩爱，甚至在兄妹三人前亲热。“他们是一对活宝。”秋生对妹妹冬好说。但冬好觉得很好，很浪漫。秋生说，浪漫个屁，是不要脸。母亲在永城声名大噪后，父亲建议母亲去省城发展。“永城对你来说太小了。”父亲对母亲说。父亲渴望母亲更大的成功，好像父亲这辈子的事业就是让母亲成名成家。母亲后来真的去了省城。父亲和母亲过起了两地分居的生活。一个男人愿意牺牲自己成全一个女人，虽然疯狂，也是一种美德。母亲去省城时，带走了秋生。

秋生唱完一段戏，屏住呼吸，稳定了一下情绪。他来到垃圾筒前，找一个星期前丢弃在那儿的母亲的来信。信居然还在。他拿了回来，摊开皱成一团的信，看起来。母亲给他的信，言辞和给夏生的完全不一样。在给夏生的信里，母亲对自己来永城显得理所当然，好像回到永城和他们生活是她应有的权利。不过在给秋生的信里，母亲是可怜巴巴的，几乎在乞求秋生收留她，母亲还表达了对秋生的想念。“你是我用命换来的。”一周以前，秋生看到这句话相当反感，这句话他听太多遍，在母亲那里就是一句顺口溜，他不相信里面有什么真情实感。秋生把信折好，放到写字台抽屉里。

保镖敲门后，悄然进来。保镖也是他工作中的助手。秋生想起来了，今天需要去处理一下娱乐城的事。不久前，消防突然来到“锦瑟年华”娱乐城，找出一堆问题，下面的人搞不定。他起身，来到大楼下。坐到车上后，他改了主意，同司机说，去广济巷。司机不明所以，掉转车头，向广济巷开去。半个小时后，小车驰入那条著名的由香樟树冠交叉而成的绿色通道，蓝山咖啡馆深绿色的门面一闪而过，咖啡馆的橱窗里放着做好的糕点和一幅巨大的话剧海报。蓝山咖啡馆的主人特别小资，喜欢各种戏剧，是标准的文艺青年。秋生让司机在蓝山咖啡馆前停下。保镖先下车打开车门。秋生出来后，没像往常那样让保镖跟着。他让他们在原地等。

永城越剧团在剧院后庭的一个院子里。就是夏生的单位。秋生怕见到熟人，从院子右侧一小道拐入，那儿有一个窗子，可以进入剧院内。凭着童年的记忆，秋生顺利进入剧院。没有演出的剧院黑暗一片，因为空气不流通，秋生被一股浑浊的霉味呛到了，打了一个响亮的喷嚏。他习惯性地看了看二楼，看管剧院的老头总是在二楼出现。他熟悉这个剧场的每一个角落，舞台后演员的化妆间，更衣室，剧场一楼和二楼中间的小小的电影放映室，虽然几年前剧院做了大的改造，但整体格局没多少变化。

秋生在最后一排坐下。现在他的目光适应了黑暗，剧场内的椅子和走道在黑暗中浮现出来。他默然坐着。他连自己都不清楚为什么来到这儿。他问自己，假设夏生接母亲回来（他断定夏生会这么干），他见不见她？

舞台上突然出现一对男女。两人是从幕后钻出来的，迅速黏在一起。舞台空旷，这对男女看起来很小。秋生看到这一切，很厌恶。这引起了秋生不快的回忆。母亲带着秋生来到省城，先是寄居在母亲同门姐妹家，后来省越剧团分给她一间宿舍。母亲在那个时候，背着父亲和一个男人好上了。

秋生下定决心，如果母亲到来，他绝不见她。他悄悄从剧院的前门退出去。在剧场的大厅，他找到电箱，把电闸合上。他知道这会儿，剧场里灯光闪亮，那对赤裸的男女一定惊慌失措。秋生穿过二楼的一个出口，这儿有一个铁梯，可以通往刚才进来的窗口。

秋生给孙少波打了个电话。孙少波是红酒商，娱乐城的红酒都是孙少波提供的。这阵子永城流行喝红酒。红酒生意利润高得惊人，秋生方方面面帮过孙少波不少忙。秋生到蓝山咖啡馆门口，保镖就出来打开车门。秋生竖起食指，向他摇了摇，然后走进咖啡馆。保镖迅速关了车门，严肃地站在咖啡馆门前。蓝山咖啡馆的电视机正在播体育新闻，但只出画面，听不到声音。电视机是新装上去的，奥运会不久将开幕，到时候有很多年轻人会聚到这儿来看比赛。六月奥运火炬在永城传递，秋生无意中看到了直播，夏生竟然是火炬手。秋生心里有所触动。一个人不管干哪一行，要干到夏生这份上也算不容易了。成为一名奥运火炬手无疑代表着对夏生戏曲生涯的认可。不过秋生依旧认为演戏不是什么好职业，这个职业经常会毁掉正常的人生。他们家就是个现成的标本。

保镖看到孙总急匆匆朝这边走来。孙总老远向保镖打招呼。保镖问孙总怎么来的。孙总说，车停在剧场门口，这巷子不太好停车。保镖点点头，拉开咖啡馆的小门，让孙总进去。孙少波一眼看见坐在角落里的秋生。

孙少波在秋生对面坐下，脸上下意识露出谄媚之色。秋生替孙少波要了一扎啤酒，说：“这里的黑啤不错，德国进口的，没掺水。”孙少波听了有点刺耳。有一次他被人告就是因为拉菲里掺水。其实不是掺水，是掺了同一个酒庄出产的红酒。秋生说：“我小时就在这一带玩，现在这儿没人认得我了。”孙少波不知如何接口。他知道秋生不是和他来怀旧的。他喝了一大口啤酒。刚才跑得快，确实有点口渴了。

好一会儿，秋生终于说正事。秋生说：“帮个忙可以吗？钱我会出的，你出个面就行。”孙少波很快就明白秋生的意思了。秋生想让孙少波出面赞助一笔钱给永城越剧团排一出新戏。孙少波没有理由不答应。秋生说：“剧团就在那边，看见了吗？”孙少波说：“原来这么有名的剧团在这个角落，我平时都没注意过。”

秋生给了孙少波一张名片，说：“你找他，是剧团团长。等会儿打电话给他吧。”秋生想了想又说：“不要装得像施舍的样子，就说你从小喜欢唱戏，特别崇拜演员，现在有了点闲钱，想投资艺术，实现心愿。”

说完秋生把服务生招了过来，结了账。孙少波要抢着结。秋生说：“你少来，我拜托你办事，当然我来，再说这能花几个钱。”

二

从秋生的公司出来，夏生往庄凌凌家走去。一路上夏生心事重重。对夏生来说，生命中有一件事他绕不过去，像一个巨大的阴影笼罩着他，这件事就是父亲有一天失踪了。这个家的分崩离析是在父亲失踪后。关于父亲失踪这件事，夏生最初不无怨恨。后来夏生进入了演艺这一行，他听到各种各样来自戏曲界的传说，都是父亲所承受的种种屈辱，每次夏生听到，都有一种如鲠在喉之感，似乎稍稍理解了父亲。父亲在写完《奔月》后去了省城和母亲会合，那时候母亲在省城还没混出来，主角轮不到她。为了能把《奔月》搬上舞台，母亲求爷爷告奶奶，动用了各种手段。父亲几乎没有世俗能力，除了艺术，在别的方面他帮不上母亲。后来《奔月》一炮而红，还拍成了戏曲电影，母亲因此成了全国人民熟知的明星，然而父亲奇迹般地失踪了。如今二十六年过去了，父亲依旧下落不明，活不见人，死不见尸，这事想起来就让夏生心里发怵。那是一种空落落的感觉，夏生的内心生出一种辽阔的空旷感，这人世间因为父亲的这一行为而变得更为不可捉摸。母亲在父亲失踪后不断换男人和婚姻，他们兄妹仨则在永城自生自灭。母亲偶尔想起他们会寄一大笔钱过来（母亲在钱财方面一向大方），至于他们的生活便从此不问不闻了。庄凌凌算得上是母亲的学生，她经常感叹，你们兄妹三个就像是你爸和你妈拉下的三粒屎，而他们像鸟儿那样飞走了。不过庄凌凌也劝慰过夏生，说，你妈啊，这辈子只喜欢一件事，就是演戏，别的对她来说都不重要。这正是夏生耿耿于怀的地方，他认为母亲被名利迷了心窍，到了对亲情缺乏概念的程度。

庄凌凌住在法院巷的一幢小洋房的阁楼里。这小洋房原来是永城越剧院的团部，后来团部搬到了大剧院，这幢小楼变成了公寓。庄凌凌一直住在这儿。前段听说要拆迁，后来这事就没影了。庄凌凌倒是安于住在这儿，什么都方便，去剧团也近。

夏生进去的时候，庄凌凌穿着睡衣，正在煲汤。这是她的美容汤。当演员的，特别是女演员，别的可以不在意，容颜是最看重的。用庄凌凌的话说，除了一口嗓子，一副皮囊还有什么呢？这是她们的命。

“庄老师。”夏生叫了一声。见夏生来，庄凌凌非常高兴，说：“你真有口福，煲了一小时了，野生的河鲫鱼。”

夏生没同庄凌凌说起过母亲来信的事。可能是夏生满脑子往事，脸上有些恍惚，庄凌凌警觉地问：“有心事？”夏生没回话。庄凌凌又问：“那本子团长不喜欢?”夏生意识到眼下庄凌凌最关心的就是那剧本的事。夏生说:“现在团里的状况你也清楚,即便团长看中了,要排出来也不容易,得有钱才行。”

半个月前,庄凌凌拿到一个打印得整整齐齐的本子,让夏生给团长。意思是明确的,她想演女一号。她多次说,要和夏生合作一次。“我们都没合过一台像样的戏。”她强调。庄凌凌已有多年未上舞台了。演戏这件事就是这么残酷,过了四十合适的角色就不多了。庄凌凌和团长关系一直不好,这几年心情差,牢骚就多,谈起团里的事,总是用“乱七八糟”形容。“你们排的都是什么烂戏,只盯着专家、评奖,这样搞下去,会把所有的观众都赶跑。”庄凌凌公开这么说。

团里的人都知道夏生和庄凌凌的关系。这让夏生有些为难。他不知道怎么同团长开口。这年头,靠市场养不活剧团,演出的资金基本上是政府拨下来的。政府倡导主旋律,鼓励排反映现实的戏,这些年夏生一直在演当代楷模。早几年，戏曲界也排过不少现代戏，不过那时候是为了寻求越剧的可能性，引进了很多别的艺术手段，音乐和舞蹈都搞得很先锋，结果是传统戏迷看不懂，年轻人也不接受，观众变得越来越少。不管这样的实践是成功还是失败，总还是值得的，现在的状况和当时的探索完全不同，现在直白地同你讲，戏曲就是“高台教化”，所以要多排现代戏，否则政府没理由资助。庄凌凌说，现代戏尝试一下我不反对，但全是这玩意儿，实在难以忍受，把越剧所有的程式都毁掉了。庄凌凌说的不无道理，没了水袖，演出时夏生常常不知怎么走台步。

庄凌凌说：“我明天找那土匪（庄凌凌私下叫团长为土匪）去。不是没钱吗？钱我去弄来，好不容易搞到这么好的本子，不排是瞎了眼。”夏生犹豫了一下，说：“你还是别去了，我去问团长吧。”庄凌凌脸上露出妩媚的笑容，说：“这就对了，你现在是团里的台柱子，你的话还是有分量的。”夏生说：“现在演员就是个屁。”庄凌凌表示同意，说：“戚老师在团里的时候，做演员才风光，演员是灵魂，导演、团长都捧着你妈。哪像现在，我们变得一钱不值了。”

庄凌凌突然提起母亲，夏生愣了一下。庄凌凌注意到夏生的表情，问：“怎么啦?”夏生说没事。他们一起吃鱼汤。庄凌凌给夏生喂鱼汤。庄凌凌这样做不仅仅是亲昵，更是习惯。夏生算得上是庄凌凌带大的，庄凌凌在夏生这儿有时候更像一位母亲。夏生说，自己来吧。庄凌凌说，你肯定有心事。夏生就让庄凌凌喂鱼汤。庄凌凌继续着话题：“你妈妈这样的人，也就是在当年才过得好，要是现在，还不被踩得像蚂蚁一样。”

庄凌凌让夏生陪她睡一会儿。夏生没心情，不过还是上了床。天很热，一会儿两个人都汗津津的，庄凌凌整张脸都胀开了，双眼迷离。庄凌凌突然赤身裸体地在床上表演新剧本中的片段。床吱吱作响。夏生想象水袖在空中水波似的翻动。夏生觉得这时的庄凌凌特别美。

母亲来永城这件事一直压在夏生的心里。夏生的注意力涣散，眼前表演的庄凌凌成为模糊的一团。后来，庄凌凌揪着他的耳朵，他才醒过神来。

“你肯定有心事，是不是团长看了剧本不满意？”庄凌凌现在脑子里只有剧本，这会儿她的表情像是天要塌下来一样。夏生这次没办法，只好把母亲来信以及他早上找秋生商量的情况说给庄凌凌听。庄凌凌躺下来，难得温柔地问：“戚老师真的快要死了？”夏生双眼茫然，说：“不知道，她信里这么说。”“秋生不同意你妈回来？”庄凌凌问。夏生仰躺着，看着天花板。

“看来你妈也老了，折腾了一辈子，到底还是想起你们来了。”庄凌凌说。

夏生坐起来，穿上衬衫。他不喜欢在床上讨论母亲，好像母亲这会儿正看着他。

三

下午两点半，夏生去剧团。一路上，脑子里依旧是早上见秋生的情形。夏生理解秋生的反应，秋生曾同他说过，他这辈子不会再原谅母亲。夏生想，他要是秋生，一样不会原谅母亲。

虽然他们兄妹仨就像庄凌凌所说的是父母拉下的三粒屎，但他们还是暗自成长。秋生担起家长的角色。冬好不服管，因此经常被秋生暴君般对待，动不动要惩罚冬好。夏生被秋生揍怕了，倒是很乖。冬好十六岁那年，不再上学。冬好唱着“乌溜溜的黑眼珠和你的笑脸”，和永城一帮时髦青年混。冬好喜欢唱这首歌，因为冬好也有一对乌溜溜的黑眼珠。冬好学着香港明星烫了一个爆炸头，打扮前卫，还学会了霹雳舞。冬好经常戴着露着五指的黑手套，穿着当时流行的宽裆窄口裤，在永城的舞厅出没。秋生受不了冬好不学好，有一次到舞厅把正在跳舞的冬好扛在肩上带回家，并把冬好锁在屋子里好几天。冬好让夏生替她把锁打开。夏生不敢。冬好骂夏生是一个奴才，秋生的奴才。后来，冬好从窗口爬了出去，从此经常夜宿在外，偶尔才回家睡觉。

半年后冬好被人睡大了肚子。冬好开始还想隐瞒，最终还是让秋生看了出来。在秋生的逼问下，冬好承认了，说出了那个男人的名字。冬好那时候还没死心，一心一意爱着那个男人，等着那个男人来娶她。她对秋生说，哥，你不要为难他，是我自己愿意的，错都在我。秋生找过那家伙，是个有家庭的人，这个流氓根本不认是他让冬好怀了孕。那家伙说，冬好的男朋友多得很，鬼知道肚子里的孩子是谁的。秋生终于明白了冬好的处境，这个人不会为冬好做任何事，他不会负责。可悲的是冬好却依旧存着痴念，纠缠其中，不肯放手。

没有任何办法，秋生唯一能想得起来解决这个问题的人只有母亲。那一年秋生带着冬好去省城找母亲。那时候父亲失踪已有八年，母亲则已声名远播，演艺事业如日中天。秋生带着妹妹来到省城，希望母亲可以联系一个医生把胎打掉。母亲突然接到北京的通知，某首长想听她唱戏，她不管不顾，抛下秋生和冬好去了北京。母亲说，随便哪家医院都可以的，手术不复杂。那一年秋生只有十八岁，一点经验也没有，他走投无路，感觉天都要塌下来了。冬好怀孕了后一直在崩溃中。

少年时母亲买给秋生的自行车还在车库里，那天晚上秋生决定带着冬好骑自行车回永城。省城和永城之间相隔一百多公里，他使尽全力踏着踏板，在黑夜中穿行。自行车后座上的冬好一直在哭个不停。自行车颠簸得太厉害了，那天晚上，冬好流产了。秋生并不知道，只听到冬好在喊叫。他厌烦冬好的叫声，都是她自招的。

秋生骑了整整一夜。第二天清晨到了永城，秋生才觉得不对头。那时冬好已经安静了，双手抱着他，脸贴在他的背上。前面是秋生所读的永城二中，二中的左侧有一条小河。秋生把自行车停在桥头，借着晨光，看到一大片血迹黏在冬好裤子上，也黏在自行车上。血迹已经干了，结成了黑色的块。愤怒就在那一刻彻底击垮了秋生的理智，好像是为了发泄愤怒，他把自行车抛入那条小河中。河水激起巨大的水花。

就是那天早晨，秋生带着几乎迈不动步子的冬好，找到那个男人，当着冬好的面，把那人打得半身不遂。可怜的冬好，还一心想着和那男人重拾旧好，满脑子都是自我欺骗带来的幻想，以为男人最终会来娶她。看到这个残忍的场景，冬好当场崩溃。秋生因此坐了六年的牢。

秋生坐牢那阵子，是夏生照顾冬好。后来冬好的精神状态越来越不好，几次自杀送医。夏生没有办法，只能把冬好送进精神病院。中间接出来几次，没多久旧病复发，只好再送进去。他们这个家就这样彻底毁掉了。

一会儿，夏生进入广济巷。走过蓝山咖啡馆时，他看到秋生从里面出来，一脸不高兴的样子。他怕秋生看到他，在一棵香樟树后面躲了一会儿，直到秋生的汽车开走。

剧团驻地就在广济巷垂直的那条巷子里，属于永城大剧院的附属建筑，办公条件局促。正南的两层小楼用于办公以及存放道具，小院子四周是宿舍，未婚的演员们大都住在宿舍里。一些演员不是本地人，或从艺校毕业，或从别的团调来。

团长办公室的门紧闭着。夏生敲了几下，里面没有动静。夏生朝对面的宿舍望了望，天气闷热，几个女演员的宿舍门敞开着，她们穿得很少，大大方方地在屋子里走来走去。剧院的女演员似乎从来不把男演员当男人，在化妆间换戏服时也不回避，在宿舍也一样。有一个女演员看到夏生，从屋子里出来，穿了一件男生的背心，连胸罩都没戴。她用手势暗示夏生，团长在里面。

夏生不好意思再敲门。夏生近半个月来隔三岔五来团里找团长。团长的门总也敲不开，夏生想，团长这是躲着他。这时，夏生看到团长和王静从剧院那边走出来，团长穿着整齐，还系着一条红色领带，王静穿着一件咖啡色吊带衫，不施粉黛。两人样子有点鬼祟。夏生假装没看见，走进自己的办公室。

作为剧院的台柱子，团长是很照顾夏生的，特地在剧院的道具室替夏生隔了一间办公室。夏生穿过堆放得杂乱无章的道具间，进入里屋。夏生是个爱干净的人，道具室这么乱实在让人难以忍受。刚分到办公室时，他把道具好好整了一遍。结果管道具的大发雷霆，因为他什么都找不到了。管道具的说，我乱中有序，什么东西放哪儿一清二楚，被你一搞，这么多东西，哪里还找得着。从此以后，夏生只好忍受道具间的乱。

自己的办公室倒是弄得干干净净的。夏生烧了一壶水，替自己泡了一杯茶。团长在就好，今天无论如何要同团长谈谈。

门外响起了敲门声。夏生以为是团长，连忙站起身去开门。是王静。王静还是刚才的样子。夏生怀疑刚才团长和王静也看见了他。夏生看到王静素颜上长出一颗痘痘，想开一句玩笑，还是憋了回去。夏生有时候蛮感叹的，这些女演员在舞台上风情万种，走在街上也是人见人爱。在生活中，一个个邋里邋遢，宿舍也臭得要死。和她们同台演出，夏生偶尔会走神想起她们生活中的样子，情感就一下子恍惚了。

王静坐在夏生的办公桌上，说："最近来得很勤嘛。"夏生说："你坐好一点，你看你都走光了。"王静看了看自己的吊带衫，她乳房小，她觉得自己的乳房就是露出来也没人要看。王静说:“团里好久没排戏了,我都闷死了。”越剧从开始时戏迷者众到如今无人追捧,演出的机会是越来越少了。很多演员闲着也是闲着,到处去文艺晚会客串。现在各级政府喜欢搞晚会。服装节。晚会。开渔节。晚会。每场晚会虽以流行歌曲或相声小品为主,也总归需要戏曲点缀一下的。也有些演员干脆去唱堂会,赚些外快,不然都生活不下去了。夏生说:“你每天晚上去给有头有脸的人唱堂会,还闷?”王静说:“都是些附庸风雅的人,现在饭局上流行唱昆曲,我学了几句。”说着,王静翘起兰花指,唱道:“良辰美景奈何天,赏心乐事谁家院……”夏生说:“行了行了,你这腔调,唱的哪门子昆曲。”王静说:“反正这些暴发户也听不出来,只会一个劲叫好。”夏生感到无语。自从白先勇的青春版昆曲《牡丹亭》走红以来,唱腔古雅悠长的昆曲一时成了时尚,有钱有势的人更是趋之若鹜,很多越剧女演员到了饭桌上常常放弃自己的行当,反串着唱几句。夏生庆幸自己是男的，不然大概也不能免俗，同她们一样到处赶饭局，唱堂会。

王静直愣愣看着夏生。夏生问：“你看什么？”王静说：“听团长说，马上要排戏了，他手里拿到一个好剧本。”夏生愣了一下，问：“什么剧本？”王静说：“知道你会装傻，都在传剧本是你给团长的。”夏生欣喜，问：“你从哪儿听说的？”王静不耐烦了，说：“算了算了，当我没说，舞台上演得还不够吗？下了台还演戏，没劲。”夏生说：“团长真的说剧本好？”王静说：“这还能假，一个字，牛，团长都在找资金了。团长天天带着女演员请大小老板们吃饭呢。妈的，我乳房太小，团长不带我。喂，我就奇了怪了，男人怎么个个喜欢大乳房，你说我是不是去隆个胸啥的？”夏生见王静这么严肃，被她逗笑了，说：“你算了，小胸挺好的，我就喜欢小胸。”王静说：“吃我豆腐，谁信啊，庄老师的胸……”王静打住话头，靠过来，严肃地说：“夏生哥，资金好像有眉目了，我听团长说有人愿意赞助这台戏了。”夏生不敢相信，问：“真的?”王静岔开话题，问：“听说庄老师想演主角?”夏生敷衍道：“这个团长定。”王静说：“晚上的饭局，团长让我去，听说那位孙老板，就是愿意投钱的那位冤大头，喜欢听昆曲。”说完，挺直腰板，转身出门了。夏生有些感慨，他曾听一位机关的朋友说，要是机关里一女同事突然霸道起来，一定是“上面”有人了。

夏生等不来团长，想回去了。团长好像在办公室装了监视器似的，从办公室出来，让夏生别走，晚上有饭局，一起去。夏生说：“那些老板不是喜欢美女吗？再说我又不会喝酒。”团长说：“你去就是。”

团长带着夏生、王静和另外几个女演员到了石浦大酒店。客人还没来，主位空着，团长坐在主位的右边，团长命王静坐在主位左边，并说：“王静，你等会儿和孙总好好喝几杯啊。”王静说：“怎么让我喝酒?不是唱戏来的嘛。”团长刚要说话，红酒商孙少波到了。孙总只带了一位手下，应是办公室主任之类。孙总的架子大到不行，但还是客气了一番，说："这是团长的位置，我怎么可以坐。"团长向王静使了个眼色，王静就拉着孙总入了主位。那办公室主任殷勤地打开热毛巾递给孙总。团长说："王静，你怎么搞的，不是让你照顾好孙总嘛。"王静嗲声嗲气说："孙总，要么我替你擦脸?"

孙总首先打量今天饭局的美女们，最后把目光移到夏生这儿。夏生礼貌地对孙总笑了笑。孙总觉得夏生有点面熟，一时想不起来。他憋不住问："我们在哪儿见过吗?"夏生摇摇头。团长说："可能在海报上见过吧，他是名角。"孙总频频点头，说："对对，有可能。"饭局像往常一样热闹，酒精让所有人兴奋。只有夏生，酒喝得少，冷眼旁观着这狂欢的场景。因为失神，某一刻好像周遭的喧嚣突然消失，他只看到团长、孙总、王静和别的女演员夸张而扭曲的表情，仿佛一幅变形的抽象画在风中飘荡。王静的昆曲倒是唱得清丽脱俗，大出夏生意外。他第一次发现王静嗓音的潜质，如果朝苍凉的方向发展，一定会有独特的面貌。孙总也被王静迷住了，他的手已经不老实了。王静知道团长凶巴巴盯着她，但她没有收敛，和孙总逢场作戏。团长一杯一杯敬酒，试图把孙总的注意力从王静那儿转到喝酒上。孙总喝高了，他晃晃悠悠站起来，做了两个宣布：一，这戏他来兜底，剧团尽快打个预算给他；二，他虽然没看过剧本，但女主角想让王静来演，他喜欢她的嗓音。夏生心一沉，想道，糟糕，这是要了庄凌凌的命啊，这可是庄凌凌最后的舞台心愿；她说，此剧后她不再演了，让年轻人折腾去吧。夏生看团长，团长回避了夏生的目光。团长端起酒杯，站起来，向孙总表示感谢。团长字正腔圆，念台词一般说："要是老板们都若孙总这样趣味高雅，我们戏曲就有救了。"到了此时，夏生才意识到团长找他赴饭局的目的。团长明摆着把球做给王静，然后通过夏生所见把情况传给庄凌凌，让庄凌凌有心理准备。

散席后又有了插曲，孙总要带王静陪他去唱卡拉

OK。团长反应快，说：“好啊，孙总，确实余兴未尽，我们一起唱歌去。”孙总却板下脸来，说：“我就喜欢同女主角一起唱，你们回去吧。”气氛刹那僵了。王静求救的目光投向团长。团长纠结了好长时间，又担心煮熟的鸭子飞了，咬了咬牙，打起哈哈：“孙总啊，你可不能欺负女主角啊。”然后搂住夏生，大着舌头说：“林夏生，你叫辆车送我回去。”孙总油亮亮的笑脸突然冻住了，换了个人似的，一下子变得十分严肃。他拉住团长问：“他叫什么?”团长说：“夏生啊，我们团的台柱子，演男主角。”孙总问：“姓林?”团长点头，不明所以。孙总拍了一下自己的脑门子，暗想，怪不得先前觉得面熟，这个叫林夏生的演员原来有点儿像林秋生，虽然长得一个南一个北，气质完全不同，但总归是同一个爹娘生的，神似。孙总问夏生：“你是不是有个哥哥叫秋生?”夏生没回答。孙总打了个长长的哈欠，对团长说：“今天的酒劲儿挺大，我有点困了，这样吧，今晚就到这儿，都散了吧。”团长终于松了口气，赔着笑说："孙总放心，女主角一定让王静来演。"孙总不言语。夏生想，不管从哪个方向看，庄凌凌离主演都越来越远了。形势比人强，想起庄凌凌一心盼着这个角色，夏生感到难过。他决定，要是庄凌凌最后真的没法上舞台，他就和她同进退，辞演男一，也许只有这样才能让庄凌凌好受一点。

送走了孙总，团长把夏生叫到一边，说要同他谈谈。夏生说："明天不行吗？"团长一定要今晚谈。夏生跟着团长向剧团走去。

夜已经很深了，街上行人不多。街灯昏暗，好像因为无人欣赏而显得无精打采。十分钟后，夏生和团长来到剧团。没去参加饭局的女孩子们都已睡了。在没有演出的日子里，她们打发无聊的办法就是在宿舍睡大觉。

团长没有进自己办公室，而是进了夏生那道具间，进门前还看了看走道上有没有人，好像团长和他之间有见不得人的勾当似的。团长在沙发上坐下。团长的额头上渗着亮晶晶的汗珠。天虽热，团长坚持着西装系领带，似乎他只有穿成这样，剧团才是体面的，才能让外界认为他们是国家正规单位，而不是野鸡部队。夏生办公室的空调不是很好，夏生怕团长中暑，从道具室搬了一台巨大的电扇（这台电扇是用来吹舞台上干冰蒸发的云雾的），对着团长。团长好像被吹出来的风爽到了，长长地舒出一口气。

“夏生啊，终于有人愿意赞助我们了，好事啊。”团长正了一下领带说，“连续二十天啊，老子天天喝酒，喝得我汗里面都是茅台味。这话是王静说的。我说那你尝尝，她还来真的，我立马就怂了。奶奶的，我们团的女人都不是省油的灯。”

夏生的手机响了起来。是庄凌凌打来的。夏生犹豫着要不要接。团长说：“你先接。”夏生给团长看手机来电显示，团长沉默了。夏生掐掉了电话。

夏生不再说话。团长坐在那儿，汗更加多了，西装内的衬衫都湿透了，贴着胸口，能见到里面白皙的肌肤。团长停住话头，叹了一口气，说："夏生，今晚的场面你都看到了，你是不是要劝劝庄老师？庄老师是好演员，可说实在的，演这个角色太老了，团里还是要多培养年轻演员。"夏生听了觉得刺耳，心想，借口而已，刘晓庆还演少女呢，还是电视剧呢，庄老师没那么老，戏服一穿，重彩一扮，谁又能看得出来？不过，夏生没有把这话说出来。团长看了一下夏生的脸色，知道自己说错话，连忙说："庄老师当然还很年轻，但我能有什么办法？这么同你说吧，今天的饭局是王静张罗的，孙总投钱完全是为了王静，不让王静演，钱不会到我们账上。没钱，最好的剧本有个屁用。"夏生有点疑惑，这说法似乎同王静说的不一样。庄凌凌说得没错，团长就是个"笑面虎"，城府深得很，没一句真话。

夏生伸出手，说："把剧本还我，我还给庄老师，这戏不演了。"团长一下子跳起来，说："夏生，你疯了！这么好的本子哪里去找？你怎么舍得放弃这样的角色？这么复杂的角色你一辈子都难得碰到。”团长这么说，夏生不是没有动心，他从看剧本那一刻起就被这个角色迷住了。但是有一点他明白，他和庄凌凌是捆在一起的，再有诱惑力，得放弃还是要放弃，他不能没有良心。

团长看夏生不再言语，站起来拍了拍夏生的背，安慰他：“等资金到账，我们就开排。你可要好好演啊，这戏一定会既叫好又叫座，到时候全国巡演，进京演出都不成问题。”

回家路上，夏生又接到庄凌凌一个电话，他还是掐掉了。他想当面同她说，又想，见了面肯定也不开心，索性回家睡觉了。

第二天，夏生一早醒了过来，钻入脑中的就是怎么同庄凌凌说这件事。手机就在床边，不过，他关机了。他怕自己还没把事情想好，庄凌凌就打电话来。母亲的事也让他心烦意乱。唉，一团乱麻。有时候夏生觉得现实的戏码比戏里面精彩百倍。

后来夏生又迷迷糊糊地睡了过去。等他醒来已近中午。他心一惊，马上起床，打开手机。一下子蹿进来八个未接来电信息。庄凌凌打来五个，团长打来三个。夏生不知道出了什么事，正在思考先给谁打回去，团长的电话进来了。团长说："夏生你终于开机了，你快来，这边打起来了。"一会儿夏生才听明白庄凌凌在剧团闹，和王静撕打成了一团，团长让夏生赶快去劝架。团长说："你把庄老师带回家吧，王静的一缕头发都被庄老师揪下来了，再不来要出人命了。"

夏生没回一句，挂了电话。他也没给庄凌凌回电。他一个人坐在床边，脑子一片空白。他想，他赶去又有什么用？庄凌凌脾气大着呢，是他可以劝得动的？再说，虽然让王静演是孙总的意思，但总归对庄凌凌不公。庄凌凌作为剧团的名角几年没演新戏了，剧团的人都明白真正的原因是庄凌凌和团长不对路。

想起庄凌凌的处境，夏生不免心里有些苍凉感。他和她正式在一起十多年了，庄凌凌除了照顾他，对他几乎没任何要求。他们也没有婚姻，是庄凌凌不同意领证，说，这样很好，要那张纸干吗？夏生知道这是庄凌凌给他留了后路。夏生免不了心生愧疚。

在十年前，无论作为女人还是作为演员，庄凌凌都处于一生最好的年华，至少在永城的舞台上她大放异彩，卓然独立。那时候也有很多达官显贵觊觎她的美貌，频频暗示她。庄凌凌心气高傲，抵抗住了诱惑，或者说她认为凭自己的才华足以在永城的舞台上立足。好时光一去不返，转眼庄凌凌就四十多了，新来的团长更看重年轻演员，每次庄凌凌和团长闹得不愉快时，她都会咬牙切齿地说，也许我应该去睡一个官儿，这样你也可以解脱了。夏生知道庄凌凌这是气话，从前红的时候都没动过念，更不要说现在了。可是每次听到这句话，夏生心底百味杂陈，生出身为一名戏曲演员的苍凉感，庄凌凌说出这种狠话她得有多不甘啊。对演员来说，舞台就是生命，离开了舞台，等同于判她们死刑（尽管已没太多人在乎她们的演出）。庄凌凌对这部戏注入了太多的情感，她几乎对剧本的每个细节都了然于胸，如果不能登台，她因此遭受的打击恐怕要好长一段时间才能缓过气来。

夏生起床后，没有打开窗帘，室内依旧是昏暗的。一缕阳光从窗帘的缝隙射入，分外刺眼。小区的绿植在阳光的背后，好像它们是阳光的一部分。夏生看了一眼墙上的钟，十二点快要到了。他到现在还没吃过早饭，奇怪的是他没有一点饥饿感。他目光呆滞地看着钟，脑子好像随着秒针在缓慢转动。夏生想起了孙总。昨晚孙总主动问起秋生，孙总应该是秋生的朋友。夏生从不和秋生在生意上有任何瓜葛，也不纠缠到秋生的社交圈里，他和秋生就像两条平行线，无论想法还是行为都没有交叉点，唯一的交叉点就是他们还有一位共同的母亲。关于庄凌凌的事，他知道很难说服得了团长。团长辩才无碍，两件不挨边的事情之间他都可以迅速建立起强大的逻辑，让人无从辩驳。夏生决定找孙总商量一下，也许没有希望，就算是死马当活马医吧。

夏生拿出昨晚孙总给的名片。他本想先打个电话过去，想了想，还是直接去他办公室算了。

夏生没想到孙总见到他会这么客气。孙总的办公室很气派，比秋生的要气派得多。办公桌后面一排的书柜，都是精装本，有《二十四史》《史记》《四库全书》等，还有各类西方学术名著和文学名著。夏生在孙总办公桌对面坐下，孙总一定要他坐到办公室右边的一对沙发上，并亲自泡了杯茶。“正宗龙井御树上采摘下来的明前茶。”孙总说。坐定后，孙总客气道：“昨晚幸会，有什么事您说一声就行，不用大老远跑来。”很久没有人对夏生如此客气了。在一些场合，比如演出结束，谢幕时，他能感受到作为演员的光荣和尊贵，更多时候，哪怕在酒局上，他经常感到的是不被尊重，那些人喝醉了后总比画着要他唱上一曲。他知道很多演员享受这种点唱，没人让她们唱还难受，但他以此为耻。

孙总表面客气，实际上一直观察着夏生。他不知道夏生为何而来。赞助一事是秋生交代他办的，他必须办好。秋生虽然架子大，但秋生对他不薄，他有什么难处，秋生总能帮忙解决。不过他听说最近有人盯上了秋生，要秋生的人头。若秋生有什么意外，他得替自己找个后路。

夏生虽然不善言辞，不过孙总马上弄清楚了夏生的来意。同时他还判断出夏生的到来无关秋生，是夏生的个人行为。孙总松了一口气，爽快地说："你放心，我会同你们团长说的，就让庄老师演女一号。"

夏生不敢相信这事竟如此轻易地解决了。在回来的路上，夏生还觉得自己在做梦。

四

资金到位非常迅速，宴请后的第三天就到了剧团账上。剧本的唱词还没有谱好曲，团长已等不及了，对导演说，先排练，需要演唱的地方，演员根据自己的流派唱腔自由发挥，到时候作曲完成了再照作曲的排，或者演员们自我发挥得好，就照演员们的发挥来。总之哪个效果好，用哪个。夏生觉得团长是真喜欢这出戏，他没见过团长如此投入。

庄凌凌今天显得特别高兴也特别得意。很久没有看到她这样满面春风和趾高气扬了。庄凌凌以为她出演主角是昨天她和王静打架的意外收获。昨天一整天她都认为自己与这部戏无缘了。她在团里和王静大打出手后，回到家里一个人放声大哭。她想过找夏生过来，倾诉自己的委屈。但她知道夏生的脾气，这样他会有压力，会放弃这次演出机会，和她共进退。这对夏生不公平。所以，她愿意一个人承受。没想到今天一早，团长就打来电话，让她去排戏。真是喜从天降。这“喜”来得过于突然，她一时不知如何反应，按掉了电话。团长第二次打电话来，她才多不愿意似的答应了，说：“刚睡醒，收拾一下就到。”这回是团长按掉了电话。她连早饭也没吃就赶到剧团排练厅了。

昨天从孙总那儿回来，夏生本来想去见庄凌凌的，到了法院巷口，他站住了，想，虽然孙总答应了，可经验告诉他商人善变，哪知道最后会是一个什么结果。他在法院巷一个台阶上坐下来，看着对面的这幢小洋房。小楼红色砖墙因经年失修粘上很多青苔斑痕，二楼阳台白色罗马栏杆也几乎变成乌黑色。母亲没调到省城的时候，也曾在这小楼排练。如今那间小排练厅被隔成许多间，住进了不知从哪里搬来的居民。夏生看着这幢熟悉的建筑，觉得这座衰败的小楼像是对他这个行业的一个隐喻——戏曲现如今已经没落了。

庄凌凌主演的是戏里的落难公主。戏开始的时候公主才知道自己的真实身份，他们家是皇族正脉，因为宫廷争斗只好隐姓埋名流落民间，几代之后这一族已变成了平民，连他们自己都不知道祖上曾经的光荣。然而突然有人找到这一家，说出了这个惊人秘密。剧情就此展开。夏生演的是新科状元，他慢慢知晓他效忠的皇上的血脉出于异姓，是多年前一次阴谋的产物，皇上的祖先劫掠了宫廷和江山，是一位窃国之贼。在戏里，夏生有过非常艰难的选择，和落难公主有很多对手戏，这些对手戏表明状元心理的转折。

王静出演的是当今皇上的公主，她喜欢上了状元。只是此剧给她的戏份并不多。夏生听说团长要王静演 B 角，庄凌凌生病或有别的事由时可以顶替演主角，王静当场拒绝，说，你当我是要饭的？想让我在心里面天天咒 A 角暴毙？因为有情绪，王静在排练时相当散漫，配戏敷衍。团长训斥王静。王静不服气，转身就出了排练厅。团长跟着出去了。不知道团长施了什么魔法，一会儿王静笑吟吟回来继续排练。

庄凌凌既然是人生赢家，所以也放下身段，在排练间隙主动和王静交流。仔细看王静的头，昨天被她揪下头发的部位似乎真有些稀疏。庄凌凌有点过意不去，道歉当然是没有的，她从自己包里拿出两瓶雅诗兰黛晚霜，是出国的朋友从机场免税商店里买来送给她的。“特别好用。”庄凌凌说。王静客气了一番，还是收下了。夏生看不懂女人之间的事，奇怪王静竟会收下。因为王静收下礼物时脸色并不好看，夏生觉得王静收下的像是两枚定时炸弹，随时会把这出戏炸烂。夏生心里祈祷千万别节外生枝，不然会要了庄凌凌的命。

这一天的排练很顺利，毕竟有一段时间没排新戏了。有戏排对剧团来说就像注入了兴奋剂，平时再怎么不团结，演戏时只能相互依靠，彼此之间成了一个共同体。夏生喜欢这种共同体的感觉，至少将来开演的那一刹，每一个角色都是这部戏生命的一部分。

排练时演员们都不着戏服，不戴头饰，也没涂油彩。因为身段的需要，水袖还是要穿的，水袖就套在日常穿着的衣服袖子外。庄凌凌对本子研究过多遍，不用导演指导，她也知道这个落难公主的角色其实是小花旦慢慢转变成青衣。关键要演好这个转变过程，要不着痕迹，自然天成。戏鞋还是要穿的，为了使身材更显妖娆，庄凌凌在绣花鞋里面还特意加了增高垫，足足有五寸高，一上午排下来，鞋带把脚背都勒出淤青。夏生则穿着一件深蓝色 T 恤，水袖吊在手臂上，水袖和 T 恤之间露着一截胳膊。夏生这次的行当是官生，程式中少不了官步，也穿着黑丝绒白厚底高靴。戏曲演员的日常就是练功。用行话说：一天不练自己知道，三天不练同行知道，一月不练观众知道。所谓的台上一分钟，台下十年功。虽是一桩苦活，好在是自己选的，自己喜欢的，总归苦中有乐，乐在其中了。因为演员们穿着奇特，排练场散乱而滑稽，人人都像抽风似的。不过他们习惯了，一个个无比投入，面色庄重，完全入戏了。有些人因为太投入，反而演得过火，被导演叫停，训斥一顿。

排练结束，夏生同庄凌凌说，先回一趟家，去拿一瓶玛歌红酒，再到庄凌凌那儿。这瓶红酒是上次去法国演出时买的，平时舍不得喝，今晚要好好庆贺一下。庄凌凌先回家做菜。

夏生刚进入小区大门，听到有人叫他名字。

夏生心头一热，是母亲在叫他。母亲正在门卫室里，两个管看小区大门的小伙子显得相当亢奋，显然母亲把他俩逗得很开心。夏生有多年没见到母亲了，平常都想不起母亲的样子，不过一见到她，所有的记忆都回来了。母亲没有大变，穿着一件绣着白色细花的浅绿色旗袍，身材没走样。一辈子做演员，在人群中总是提着一股子气，即使老了，举手投足间也总是透着一股子腔调。母亲看起来毫无病容，不像是得了不治之症的人。自接到母亲来信，夏生想起母亲，脑子里出现的是母亲卧床不起的画面。夏生松了一口气，母亲看来并无大碍。想起母亲信里的话，夏生觉得母亲可能撒谎了，只是为回来找借口罢了。演戏的人，以为靠表演就可以达成心愿，在旁人看来简直像小丑。

母亲从门卫室出来，一个门卫提着一只中号拉杆箱跟在后面。母亲这样的人，总是找得到愿意帮她的人。夏生把拉杆箱接了过来。拉杆箱不重，也许是夏季，母亲带的行头不多。

母亲说："西门街完全变了，一点也认不出了。当年，我回来，到了西门桥，到处都是我的戏迷，人山人海。现在都没一个人认得我了。"

夏生记得当时的场面。那时候母亲是真正的大明星，街道两边全是欢迎她的戏迷。母亲是个人来疯，

母亲唯一正常的领域大概就是演戏了，一旦到了戏里，
母亲又变成一个懂得人情世故的人。

父亲为母亲写了《奔月》，母亲一炮而红，成为全国人民熟知的明星，然而父亲却神奇失踪了。

她享受乡亲们的夹道欢迎。穿过热情的人群，母亲把带来准备给孩子们的饼干、糖果都送给了街坊，见到年长者，母亲还施舍钞票。母亲足足花了两个小时才走完那条狭长的西门街。母亲回到家，精疲力竭，身无分文，连买火车票回省城的钱也没有了。母亲因此得到乐善好施的名声。

母亲跟在夏生后面，东张西望。前几年西门街旧城改造，老街坊都安置到了别的地方，夏生还是有点念旧的，虽然西门街的老屋拆掉了，但他有耐心等着新小区造好。三年等待期间夏生住庄凌凌家里。

夏生心里想着应该对母亲说些什么。想了半天，说不出一句话。

到了家，母亲突然疲劳了，无力地坐在沙发上。母亲在外面精神，回家就松懈了。夏生想，今天去不了庄凌凌那儿了，一是要照顾母亲，二是母亲不知道他和庄凌凌的关系，他也不想让母亲知道。夏生躲在一边，给庄凌凌发了一个短信，表达歉意。庄凌凌一直没回短信。平常庄凌凌回短信很快的。夏生想庄凌凌大概生气了，感到有点对不住庄凌凌，难得她今天好兴致，特意做了一桌菜。她一定很扫兴。

夏生说："小时候，天气热了，我经常给你打扇子，你记得吧?"母亲一脸茫然。夏生猜母亲不会记得这种小事。当年母亲的脑袋里都是戏，家里的三个孩子，除了秋生，她都叫不出名字，直接用老二老三替代了。

母亲指了指夏生的屋子："整得不错，多大?"夏生说："一百一十平。老屋拆掉，分了两套房，另一套给了冬好。秋生不要。"母亲的眼睛红了，一会儿后她说："秋生的公司做得怎样？他都好吧？可怜的秋生，白白坐了六年牢。"

夏生沉默了，他不知怎么同母亲说。兄妹三个，夏生算是最宽容母亲的，但心里面对母亲依旧有诸多不满。他们兄妹仨遭受的罪母亲的责任是逃不掉的。而母亲就是一只把头埋在沙子里的鸵鸟，从来不想了解事情的真相。冬好得病后，母亲去康宁医院探望过，回来大哭一场，难过得要死。之后却再也没去看过冬好，连提都不提起。这只有母亲才做得出来。比如这次，到目前为止，关于冬好，她没一句话。

母亲说：“我这辈子就像做了一场梦。查出这个病，我才醒过来。”夏生将信将疑，几乎是机械地问：“是什么病?”母亲不回答，眼泪大颗大颗地落下。母亲擦掉眼泪，说：“我这不是为自己的病流泪，你们不会懂我的心思。”

夏生的手机响了一下，一看，是庄凌凌的短信，说她已在楼下，来看戚老师。一会儿庄凌凌敲门进来，手中拿着她刚做的几只菜，说，好久不见戚老师了，戚老师精神不错。又说，你们还没吃过饭吧？庄凌凌把菜放在桌上。母亲也不问庄凌凌是怎么知道她来永城的，母亲在这些事上迟钝到令人发指。母亲见到庄凌凌，一改先前的疲态，立马精神了。

第二天，夏生到了团里，刚坐下，团长就来到道具间。团长坐下来，对夏生特别客气，嘴上说：“太好了，真是太好了，老天都帮我们忙，天时地利人和啊。”

夏生不知道团长在说什么。大概是遇到什么好事了。团长靠近夏生，问：“戚老师回永城了?”

传得真快，大约是庄凌凌说的。夏生想不出母亲回永城，团长这么亢奋干吗。

团长说：“夏生，我们这出戏得让戚老师当顾问，这是老天送我们礼物，戚老师的牌子一打，就不怕没观众，至少戚老师的老戏迷都会来捧场。”

原来兴奋点在这儿呢。夏生觉得团长是天真了，夏生对母亲现在还有那么强的号召力存疑。再说，以母亲的脾气，要是让她掺和进来，少不得会矛盾四起，乱成一锅的。夏生刚要开口，团长打断他，好像怕夏生说出不吉利的话来。团长说：“明天你在家等着，我来你家看望戚老师。聘书都备好了。你回去先同戚老师打个招呼，让她有个心理准备。”夏生这一点很佩服团长，要么不干，干起来雷厉风行。

晚上回家，母亲一个人坐在客厅，在生闷气。夏生以为是自己不替她问医，不关心她的缘故。但是她信中已经说了，她不就医，到时候死了拉倒。夏生误解了，不是为这个，白天母亲去秋生公司找过秋生，还带了特意为秋生买的礼物（一瓶男用香水）。秋生拒见，让手下的人把她赶走。母亲在大堂和保安对骂，说："我是他的娘，为什么不让我进去?"没有人相信母亲的话。有两个黑衣人抬着母亲，把母亲扔到大街上。母亲穿着旗袍倒在地上，双脚朝天的样子，很是狼狈。

母亲对夏生说："他这样对我，我真是白生了他。"

母亲对秋生有一种奇怪的偏爱。也许就像她说的因为难产的缘故。小时候夏生倒经常拍母亲马屁。没用。有年母亲急着回省城，需要买一张火车票的钱。母亲知道秋生有钱，她给孩子们的生活费都寄给秋生的。她可怜巴巴向秋生要，秋生理都不理她。夏生知道秋生的钱藏在哪里，秋生房间的墙壁上有一个洞，洞口那块砖是活动的，钱藏在里面。母亲听夏生这么说高兴坏了，拿来凳子，踮着脚把手伸入洞里，取出一只盒子。里面除了有二十块钱，还藏着一块钻石牌手表。看到这块手表，母亲和夏生都吃了一惊。这表是失踪的父亲的啊，怎么会在秋生这儿。母亲因为赶火车，也没多想，带着夏生进了当铺，把手表换成了钱。后来又带着夏生进了商店，以最快的速度，给夏生买了一件红色 T 恤，给秋生买了一根金利来皮带，然后赶到火车站走了。夏生很嫉妒，觉得母亲就是偏心，好东西总是留给秋生，他也多么想要一根金利来皮带。夏生把金利来皮带交给秋生时，被秋生揍了一顿，下手从来没这么狠过。秋生还烧掉了皮带。烧掉皮带的那一刻，看着火光和浓烟，夏生是多么惋惜。

母亲一脸委屈看着夏生。夏生不知怎样劝慰她。夏生想，看来秋生真的对母亲恩怨已绝。

母亲生气归生气，不过亲自上灶做了一桌菜。她说，从秋生那儿回来去菜场买了点海鲜。夏生看着母亲做菜的样子，竟有一些触动。他这辈子从来没有吃过母亲做的菜。这是太阳从西边出来了吗？母亲没有解释，做完菜后，坐下，让夏生吃，自己几乎不吃。母亲问，味道怎样？味道很一般，但夏生不想扫母亲的兴，点头说不错。母亲说，知道你骗我，我这辈子很少做饭，你要是不嫌弃，以后我做给你吃。夏生低着头，控制自己的情绪，虽然算不上可口，却是第一次吃母亲做的菜，他自己也弄不清楚，此时的情绪是多年来压抑着的委屈，还是一种突然被关心的软弱。

新小区很安静，窗外传来戏文声，伴着低沉的二胡演奏，大概是小区里的老年人在花园的亭子里娱乐。夏生有点吃惊听到这曲声，之前他从未听到过。他想，他可能对越剧这种曲调不敏感了。他因此想起团长要母亲做顾问一事，他考虑是不是要告诉母亲，他不确定母亲的身体是否可以胜任。

母亲默默看着夏生吃饭，双眼慢慢泛红，她说："秋生这么恨我吗？"夏生愣了一下，不知如何回答。母亲说："他坐牢时，我去看过他，不肯见我。"夏生想，难道母亲指望秋生见她时和她相拥哭泣？

母亲说，她去探望秋生那天下着雨。母亲很早就去了，填了约见单，在特见室外排队等候（很多家属比母亲到得早）。管教喊到名字，家属才能进去会见。那天母亲等了一整天，直到走廊上的人散尽。管教告诉母亲，秋生一整天都在车间做工。母亲哭着问秋生怎么不见她。又问管教，秋生在里面缺什么，她带给他。管教没有回答她。母亲从那幢建筑的大门出去，一直在流泪。

"我这三个孩子，就数秋生最有艺术天分。"母亲把头转向窗外，好像她这会儿也听到了曲声。

夏生低头吃菜，没看母亲。她怕看到母亲的眼泪。虽然演员的眼泪说来就来，夏生还是无法面对。

“秋生这孩子心思藏得深，不像我们家的人。我们家一个个二百五，就他什么都放在心里。”母亲说。

夏生惊讶母亲说出这话。看来母亲表面上无心无肝，也还是有洞察力的。

“那时候我还在永城，刚入行，心里不踏实，每次排好戏，都要在秋生面前表演一次。秋生这孩子，不知哪里来的天赋，每次都能指出问题所在，说到我心坎上去，还会像模像样给我示范，可他还是个孩子啊，怎么会懂那么多？那时候我想，要是秋生是个女孩，他一定会成为闪闪发亮的明星。”母亲说。

“你是说秋生会唱戏？我一次也没听过。”夏生觉得母亲在胡扯，太夸张了，她大概把幻象当成了真实，是母亲对秋生的情感投射吧。

“他不肯在人前唱戏。他喜欢摆臭男人的架子，讨厌自己变成一个女人。他啊，唱戏时很妖的。有一次我让秋生在我同行面前唱，他就翻脸了，有一个星期不理我。”母亲表情柔软，脸上露出一丝笑意。

夏生很难相信。他和秋生是兄弟，秋生怎么瞒得了他。一个人的天赋怎么可能深藏不露这么久。

夏生吃饱了，放下筷子。母亲正目光灼灼地看着他，那目光既热切，又带着某种谄媚。母亲说：“夏生，你可不可以同秋生说说，就说我快死了，想见他。”

夏生站起来，拿起遥控器，开启电视。他背对着母亲。他的背能感受到母亲的目光。夏生实在是不愿去找秋生，但还是心一软答应了：“我空了去找找他吧。”他的背部感受到母亲的兴奋。母亲站起来开始收拾桌子上的剩菜。夏生关掉电视，说：“你休息吧，我来收拾。”母亲说：“你看你的电视。”

晚上，从母亲房间传来越调，是《奔月》的唱段，母亲唱得很轻，但透着辽阔的清寂和无奈。

吞灵药，生翅膀，入了广寒门，

晓星沉，云母屏，独对烛影深，

寥廓天河生，

寂寞云裳赠，

空悔恨，

碧海青天夜夜凡尘心……

五

团长几乎没费工夫，母亲就答应做这出戏的顾问。第二天，母亲来到排练现场顾问起来。母亲本来是来看笑话的。她虽然是这个团出去的，可打心眼里瞧不起小剧团。况且现在的年轻演员太多心思花在别处，没几个会演戏的。当她看完第一场排练，神色严肃起来，向团长要了本子。团长其实昨天已给了她剧本，她放在家里，还没看。母亲坐在排练厅的一角，低头看起剧本来。夏生在排练的间隙，朝母亲坐着的角落里张望。母亲一动不动，专注地看着，好像眼前的喧哗于她根本不存在。直到母亲看完，她抬起头来，目光幽远，泪流满面。厚厚的底粉被泪水冲刷掉了，使她看起来苍老了许多。

中午吃饭的时候，母亲对夏生说："很棒，你的角色一直在两难之中，演员一生中很难有这样的好角色，这是运气，你要珍惜。"来自母亲的肯定，夏生竟有些受宠若惊。母亲很少肯定他的戏，在专业上，他自知和母亲还有差距。因不想让母亲知道和庄凌凌的关系，中午吃快餐时，夏生和庄凌凌坐得很远。这会儿，庄凌凌正和王静聊天。自从庄凌凌送了王静雅诗兰黛后，两个人又像姐妹了。在戏里，两人都是公主，是仇人，争夺同一个状元。戏外倒是一团和气。她俩正在聊着一则八卦，说的是孙总。那天孙总要带她走，把她吓坏了。庄凌凌说："现在的男人真的比不上戏里的男人，所以我愿意活在戏里。"王静却沉溺在自己的话题里，说："也奇怪，我以为孙总还会骚扰我，他好像忘了这事。"王静这么说，像是很遗憾似的。这时候，母亲端着快餐盒，坐到庄凌凌边上，说："你的唱腔要纠结，不能太顺畅，你演的这个角色很复杂，她开始没野心，是一次一次的屈辱让她爆发。"母亲已进入顾问的角色了。

这之后，母亲是尽心尽力指点。夏生发现，母亲已经记得每一句台词。夏生很敬佩母亲的记忆力。

排练一周后，孙总来过排练厅。孙总是团长陪着进来的。团长一直赔着笑脸，孙总倒显得很安静，在排练厅角落的椅子上坐下，一言不发看演员们排戏。团长递一根烟给孙总，孙总接住。团长要点烟，孙总摆了摆手。王静暂时还没有戏份，过来同孙总打了声招呼。她上穿一件短袖束腰衫，下着一条裙裤，手里拿着水袖，眼巴巴望着孙总。孙总只是点点头，好像没认出王静来。王静坐到孙总身边。团长白了王静一眼。团长从椅子里站起来叫停排练，他说："夏生第一次见庄凌凌的戏，夏生正春风得意时，要显得趾高气扬，既要庄重，又要带些轻浮。"说完离开了排练厅。夏生愣了一下，庄重和轻浮完全矛盾，如何才能表演出来呢？王静叹了一口气，说：“孙总是答应了我的，结果主角还是别人的。”孙总没听见王静抱怨似的，说：“你把夏生叫过来，我有话同他说。”夏生下场休息时，王静挽住夏生的胳膊，同他耳语。庄凌凌目光疑虑地看着他俩。一会儿，夏生来到孙总边上，孙总让夏生坐下。两人看演员们继续排练。孙总感叹：“人生哪里如戏，现实丑陋无比，戏里的情感多么美好。”夏生没想到孙总这样的成功人士会发出此般感叹。孙总没看夏生一眼，继续说：“夏生，你哥秋生有情况，要是方便你告他一声，出门小心。”夏生说：“他出了什么事吗？”孙总说：“我只能说到这儿。他明白的。”说完孙总突然站了起来，态度同刚才一样严肃。王静已在台上，水袖正朝这边抛来，同时传来的是一阵香风。孙总站住，愣愣地看了看王静，喉结动了一下。

母亲特别喜欢王静。王静嘴巴比庄凌凌要甜得多，一口一个戚老师，语调像唱戏，婉转曲折。母亲纠正了王静好多动作。母亲对庄凌凌很严厉，一有不到位的地方，就开骂。从一介平民到确信自己是公主的心理转折时，庄凌凌演得很软弱。母亲骂道："你要高傲、尊贵，想象你是帝王的女儿，别糟蹋这么好的角色。"作为母亲的学生，庄凌凌觉得母亲胳膊肘往外拐，对外人好，但心里还是暗自佩服母亲，意见一针见血。庄凌凌对剧本已经烂熟，以为吃透了戏，但演戏这件事真是深不见底，总是有深挖的空间。

看着母亲这么精神，夏生再次确认母亲信里说的都是扯淡，就不再惦记母亲生病的事了。这天排练，母亲从王静身上抽下水袖，自己套上，给庄凌凌示范身段及表演，大概是由于戏太激越，母亲的脸突然变得苍白，头上冒出汗珠。母亲停了下来，护着腰向休息椅走，脚不小心踩到水袖，差点绊倒。她在椅子上坐下，大口喘息。排练停了下来，夏生的心抽了一下，不过也没多问。

晚上，夏生问起母亲的病情。母亲没理他，说：“暂时死不了，会活到你们这出戏开演。”语中带刺。夏生不甘心，说：“是不是明天陪你去一趟医院？你也没必要天天去做顾问。”母亲白了夏生一眼，说：“让我去医院不如你让秋生来见我。”

听到母亲的话，夏生感到内疚。他答应了母亲的，他生性拖拉，一直没去找秋生。他内心拒斥见到秋生，能不见最好不见。秋生和母亲一个德行，不会好好说话。

夏生想起孙总让传的话，也让他有点犯难，他若传话，免不了给秋生一顿臭骂，秋生讨厌别人管他闲事。不过关于孙总所说的事，夏生也没太当回事，他觉得对付这种事秋生有的是办法。

一会儿，夏生出门，进入永城的夜色之中，他拦了一辆的士，去永江边的“锦瑟年华”娱乐城找秋生。他知道自己此去更大的可能是无功而返，但无论如何他得替母亲跑这一趟。

刚下过一场大雨，这会儿小了一点。的士车窗被雨水淋湿，刮雨器机械地来回运动，夏生看到的街景模糊不清，街头的霓虹灯、路牌、透着光亮的建筑此刻像是河中的倒影，在波光中晃动。对面的车打着远光灯，在雨中射出一道惨白的光，刺得人心慌。的士司机减慢速度，诅咒了几句。

“先生经常去‘锦瑟年华’吗?”司机问。

“不，我不喜欢那儿。”夏生说。

“都这么说，可谁都喜欢往那儿跑是不是?”司机从后视镜中看了看夏生，从口袋里拿出一张名片，递给夏生，“若有需要，你找我，包你满意。”

夏生看了看名片。名片上印着一个裸露的女人和一个电话号码。夏生把名片攥在手里。他看到那司机再一次通过后视镜观察他。

“锦瑟年华”到了。夏生付了费，下车。他站在雨中，抬头望了望这座建筑。北边，辽阔的永江完全被它遮挡住了。他看到“锦瑟年华”几个大字在雨中不停地闪烁，字后面的大楼则隐藏于黑暗之中，好像这几个字是凭空出现在空中的。有一个坐轮椅的人从另一个方向进入娱乐城。他的脸显然受过致命打击，面目狰狞，躬着的身子犹如弯弓，整个形象显得颇为古怪。夏生奇怪下这么大雨这人竟还有雅兴到这地方来。在娱乐城门口，可以看到一排小姐站在大厅里，每有客人进入，她们弯腰鞠躬，口中喊“欢迎光临”。那张名片还捏在夏生的手中，夏生看到远处有一只垃圾箱，把名片塞了进去。

秋生的保镖从里面出来，问夏生是不是找秋生。夏生说是的。保镖带着夏生来到电梯边。电梯停留在四楼，这会儿正缓缓下降。电梯的数字一直跳着，像某个倒计时装置。

“生意不错嘛。”夏生没话找话。“还行。”保镖说。“下这么大雨，都有人来?”夏生本来想说，这场面比戏曲演出票房好多了，连坐轮椅的也来。“夜很长，总归要找个地方打发的。”保镖说。“叮”的一声，电梯到了。夏生和保镖进入电梯。电梯四面是镜子，夏生看到自己脸色苍白，形迹可疑。怪不得刚才保镖带着夏生进大厅时，两边的小姐没有弯腰欢迎。她们应该凭直觉辨认得出他不是她们希望的恩客。

保镖带着夏生进了保安室，他让夏生先待会儿，自己则去了秋生那儿。夏生看到保安室有一个监控器，能看到进来的每一个人，还能见到每一个包厢里的情况。难怪保镖会知道夏生的到来。夏生看到刚才那个坐轮椅的人独自待在一个包厢内，不停有小姐进出供他挑选。那人很挑剔，没找到合意的。被拒绝的小姐出去时都松了口气，面带逃过一劫的微笑。

一会儿，保镖回来，告诉夏生，可以去了，秋生正等着他。

秋生还是那副居高临下的令人讨厌的模样，他指了指办公桌前的位置，让夏生坐下。夏生白了秋生一眼，坐在不远处的沙发上。他没说话，长时间看着秋生。母亲说眼前这个人会唱戏，他实在想象不出来。

“你在看什么？我哪里不对吗？”秋生问。

“她来了，在我家里。”夏生说。

“我知道，听说她身体好得很，在给你们的戏当顾问。”秋生说。

夏生想，秋生毕竟还是关心母亲的。他至少还打听了一下母亲的状况。

“听说戏效果好得不得了？”秋生问。

“还好。”夏生奇怪，这段日子秋生老是谈这出戏。夏生不想谈戏，他说：“你什么时候来看她？”

秋生狠狠地看了夏生一眼，沉默不语。

“她老说你，她说你会唱戏，旦角唱得可好了，她说你是天才，你要是一个女的，会是一朵艺坛奇葩。”夏生觉得自己说这话时带着满满的挖苦。

秋生碰翻了桌子上的茶。他抽出几张餐巾纸，把桌子上的茶水擦干净。他一边抹桌子一边说：“你说什么？”秋生语调很轻，但内里有一股子狠劲。夏生了解这种语气意味着什么。当秋生这样说话时，可能会动拳头。

“我是不相信的，但她说你唱得好，说我同你比只有一个小指头的份。”夏生的话里透着不服气。

“你最好别信她。她的话没一句可信。”秋生陡然提高声量，像给夏生一个警告。夏生看着秋生，秋生一脸严正，看不出他在撒谎。夏生疑惑了，他不知该信谁。“她想同你说话，她每天叨念你。你不去看看她?”

“冒这么大雨就为这个来的?”

“是。”

门被敲响了。保镖同秋生耳语了几句，秋生神色严峻，同保镖出去了。秋生不忘回过头来对夏生说：“你等我一会，我有话同你说。”

空荡荡的办公室只留下了夏生。窗子外，雨依旧下个不停，从这间办公室可以看见永江，雨中的永江是暗的，只看得见江边的路灯。偶尔有闪电从天边划过，不过没有雷声。或许是窗子隔音好，听不到。娱乐城在隔音设施方面应该很讲究吧，否则噪声污染会让四邻不得安生。秋生办公室几乎没有任何装饰，那张办公桌悬于一角，显得孤零零的。

秋生一直没回来。夏生想可能娱乐城出了什么事情。夏生从不来这种地方，脑子里的想象反倒更为丰富，他潜意识认为这种地方藏污纳垢，出现棘手问题应该是常态。他记起刚才在保安室的监控，想过去看看究竟发生了什么。保安室的门紧锁着。夏生等得也有点不耐烦了，觉得自己应该说服不了秋生的，不想再多费口舌，从电梯下去，走出了娱乐城。娱乐城的大厅空无一人。他想，大概出事了，他突然想起孙总让传的话，与此有关吗？他犹豫是不是应该留下来，把孙总的话传给秋生。最后，他决定什么也不说，坐上的士回西门街。

夏生进门时，母亲还没睡，她坐在客厅投来探询的目光。见夏生沉默不语，母亲的脸上露出失望的表情。“他说空下来会来看你的。”夏生撒了个谎。“真的吗?”母亲喜出望外。母亲就是这么天真。夏生进了自己的房间。

六

秋生回到办公室，夏生已经不在了。

刚才秋生去处理娱乐城的事。娱乐城不是个省心的地方，什么人都有。秋生不想娱乐城弄得乌烟瘴气，他给她们订下规矩。在娱乐城，和客人逢场作戏没关系。不能在这儿苟且。可以跟客人走，但出了这个门就同娱乐城无关。即便是这样，依旧会惹出是非。有人中意的小姐被人捷足先登，不乐意了，加上酒劲，就想闹事。有时候双方两队人马就直接开干。自古以来，所谓的风月场所概莫能外罢。

今晚来了一帮人，明显不是来娱乐的。他们都是年轻人，穿着特别“社会”。他们喝了不少酒，开始在包厢里砸东西。在场的小姐都吓坏了。秋生到现场，看到地上到处都是破碎的酒瓶，红酒和啤酒流了一地，电视机和点唱机都被砸得粉碎，连骰子罐都被砸破了。他们站在那儿鄙夷地看着秋生。凭经验秋生认为他们没喝醉，他们就是来闹事的。秋生一直赔着笑脸，用近乎讨好的方式送他们走。秋生说，招待不周，多多谅解。秋生看到自己的手下一脸不服。不过没有秋生的命令，他们不敢动手。秋生告诉过他们，能用脑子解决的事，就不要动手。在没摸清他们来历之前，秋生不能轻易挑起事端。秋生都没想过让他们赔偿。一台电视机和几瓶酒能值几个钱。

秋生送那几个年轻人去大厅的时候，看见一个坐在轮椅上的男人。那人扭曲的脸和残破的身体给秋生留下了深刻的印象。那人目光是明亮而尖利的，他肆无忌惮地看着秋生。秋生的心沉了一下，他认识我吗？秋生翻遍记忆，想不起那人是谁。那人应该是第一次出现在娱乐城。秋生站在雨中，看着大楼外闪烁着的“锦瑟年华”灯箱。他喜欢让霓虹灯彻夜亮着。

劳改时秋生在里面做灯泡。灯泡的玻璃以及钨丝都是成品，他要做的就是把这些成品安装在一起。日复一日，秋生不知做了多少大大小小的灯泡。那是一种单调的生活，机械重复的劳作让秋生内心的躁动慢慢平息了。在里面，秋生最喜欢的事是装好灯泡后试验灯泡能不能发光，特别是试验五颜六色的小灯泡串成的装饰灯。当灯泡亮起来时，他的心也会跟着亮一下。秋生因此对以后的生活还存留着指望。

夏生第一次来探监，带来了冬好不幸的消息。秋生听了特别难过。夏生那天态度很差，不但不安慰秋生，反而指责起秋生来。夏生说，冬好是秋生害的，冬好对那男人还有情感，她怎么会受得了男人被打成那样，任谁都会崩溃。那时候秋生还没把心里的火气改造掉，不知反省，当场和夏生吵了起来，还给了夏生一记老拳。结果秋生被管教训斥一顿，还被关了禁闭。

等到内心的戾气慢慢平复，秋生才意识到夏生讲的不无道理，冬好发疯自己是有责任的，他太冲动了，不但自己付出了代价，也把冬好毁掉了。在夜深人静的时候，秋生会想起冬好那张青春美丽的脸，内心充满懊悔。秋生开始明白这世上处理事情还有另一种方式。这世界并非黑白分明，有时候很难分出对错。秋生想，出去后无论如何不能再使用蛮力，要靠头脑生活。

刑满出来后，秋生找不到正经工作，只好给人当马仔。他给老板处理了不少棘手事。他谨记牢里的教训，没再惹出事情。秋生因此深得老板信任。

老板对秋生不薄。五年前，老板看中了一幢楼，它北临永江，南边对着一条热闹的马路。原本是一幢烂尾楼，营建公司断了资金链破产了，那家公司在法院查封前和老板达成交易，老板以很低的价格买了这楼。老板经过一番装修，开了这家娱乐城。秋生也占了公司的股份。最初老板股份占了大头，不过老板一直在撤资，不着痕迹地慢慢把股份转给了秋生。半年前，老板告别江湖，对秋生说去了澳大利亚，可也有人说去了巴西。秋生处处谨慎，独自管理着“锦瑟年华”娱乐城。

夏生留了一张纸条。纸条上写着：“我不等你了，你哪天如果心血来潮想来看她，你电话我。”夏生用了“心血来潮”这个词。秋生想象夏生写这个词语时一定面带讥讽。秋生知道夏生对他的看法，夏生对他有很多不满。秋生很想为他做事，可不知怎么搞的，夏生现在越来越不想同他讲话了。每次夏生坐在秋生前面，秋生总觉得夏生好像穿着一件无形的隔绝衫，让人无法亲近。

秋生打开电脑，看孙少波带给他的排练录像。录像是孙少波今天向团长要来的。录像是固定机位，像一个监视器俯拍着排练厅，整个排练厅一览无余，每个人显得很小，因此有些模糊不清。秋生一眼辨认出了母亲。

一周前秋生去过西门街新小区。秋生躲在小区大门对面的一家五金店里，他看着母亲从一辆的士上下来。母亲穿着一件丝质蓝底白细花旗袍，走路时腰板挺直。秋生一直看着母亲，直到母亲从小区大门口消失。他已经有十八年没见过母亲了。那次带着怀孕的冬好去省城见过母亲后，他再也没见过她。出狱后，母亲想见他，他拒绝了。几年前，秋生曾在电视新闻上看见过母亲，他本能地换台了，等他再想看她一眼，换回那台，母亲的镜头已经消失。

秋生看着录像，目光一直盯着排练中的母亲。这是秋生从小熟悉的场景，这些吊着水袖，穿着日常服装的演员，在录像里看起来既庄严又滑稽。他看出一些排练中的问题。他记录下来，看看有什么法子传给剧组。录像播放到中途，母亲突然支撑不住，在一张休息椅上坐了下来。秋生心里面竟然激发出奇怪的情感，专注而揪心地看着这一幕。他想，看来母亲真的病得不轻。秋生对自己的反应感到陌生。在里面，他几乎没想过母亲。他刻意把她从自己的记忆中抹去，把她当成不在世上的人。

可还是会有一些母亲的消息传入秋生的耳中。她又离婚了。她又结婚了。她很任性地在一次会议上和某个大人物吵了起来……这是件奇怪的事，为什么这些消息偏偏传到秋生的耳朵里？从里面出来不久，秋生得了一种少见的怪病，由于在里面试验过太多灯泡，用眼过度，出狱后的第二年，他的眼底开裂了，生了几个小孔。他为此需要戴墨镜，减少光线刺激。当秋生得了这种病后，发现很多人都有这种病。后来有一个孕妇告诉秋生，她没怀孕时，街头几乎没有孕妇，当她怀孕后，总是能在街头碰到孕妇。

秋生承认某些关系不是想抹去就可以抹去的，它比理智要来得顽固得多也深刻得多。

有一件事情，秋生从来不去想它。即便在牢里也不想。好像这件事不曾发生过。但它是发生过的。当秋生听到母亲回来的消息，这件事在他的心里慢慢苏醒了，它活了过来。

在省城，秋生撞见了母亲的不忠。母亲哀求他千万不要告诉父亲。他本来想隐瞒此事，但他发现母亲并未因此收敛。他受不了母亲如此“不要脸”。他告诉了父亲。父亲根本不信。那天父亲浑身震颤，拿着一根棍子要揍他。秋生冷冷地看着父亲，等待着棍子落下。对峙了一会，父亲扔下棍子，说，你妈是个好女人，你不可以这样侮辱她。当时他觉得父亲无可救药了，非常失望。谁能想得到，父亲在《奔月》搬上舞台后失踪了。母亲来永城找过秋生，问秋生是不是对父亲说过不好的话。秋生当即否定。母亲当年真的是悲伤，一夜之间变得十分憔悴，脸上泪痕斑斑，她不住地摇头，不肯相信秋生的话。母亲一遍一遍地问，

吞灵药，生翅膀，入了广寒门，
晓星沉，云母屏，独对烛影深，
寥廓天河生，
寂寞云裳赠，
空悔恨，
碧海青天夜夜凡尘心。

人生的死结常在一念之间。

一念成佛，一念成魔；梦幻泡影，如露如电，皆生于一念。

你觉得你爸会回来吗？又说，他一定活着，有一天他会回来的。后来秋生才明白父亲一直是母亲的生命支柱，没有了父亲，母亲失去了主心骨，她的生活坍塌了，终于变成了连她自己也难以理解的人。母亲唯一正常的领域大概就是演戏了，一旦到了戏里，母亲又变成一个懂得人情世故的人。

秋生几乎一夜未睡，满脑子都是往事。第二天，秋生决定去看望冬好。从牢里出来，秋生做的第一件事就是去看望冬好。这些年他几乎每月都去一次康宁医院。

康宁病院在城北偏僻一隅，进入病院需要穿过一道长长的林荫道。行人和车辆不多，好像这条通往医院的路是不吉祥的，人们唯恐避之不及。

秋生和医院院长熟，院长为秋生安排了一间接待室。冬好见到秋生，问秋生："你是谁啊？"秋生习惯了，冬好每次都这样，他把这句话当成问候。秋生试图去握冬好的手，冬好好像见到一条蛇，怕被咬似的，手迅速缩了回去。秋生只好摸了摸冬好的脸。药物使冬好显得有些浮肿。

“冬好，妈妈回来了。”秋生说。

“妈妈，妈妈……”冬好陷入沉思。

“冬好，你忘记妈妈了是不是？要是她不出现，我也忘记了。冬好，我不知道怎么面对她，你知道的，我一直恨她……”秋生摇了摇头，“可她总归是我们的母亲对不对？”秋生好像在说服自己。

冬好一直愣愣地听着，目光炯炯。秋生以为冬好听懂了自己的话，心里生出一丝希望。难道是母亲回来带来了好运？

冬好究竟什么也不懂。她目光瞬间变得黯淡，茫然看着墙上某个点，好像白墙是一块银幕，上面正在上演着什么。一会儿冬好打了个长长的哈欠，目光变得越来越呆滞，她肩膀耷拉着，双手紧张地贴在身上，好像细小的手臂正被什么东西缠住了。也许她正见到一些可怕的事，身子颤抖起来。

“冬好，你看到了什么?”秋生问。

冬好把目光收回来，凄惨地对秋生笑了笑。她的鼻腔里传出曲调：“乌溜溜的黑眼睛和你的笑脸……”秋生不忍再看冬好，他的内心一阵酸楚，突然失控，掩面抽泣起来。

秋生相信，因为他向父亲告密母亲的事，父亲才不堪忍受，在人间消失了。他觉得某种意义上是自己毁掉了这个家。要是父亲在，母亲也许不是现在这个样子。冬好也会健康成长，而他也不至于去坐牢。可人生没法假设。没人有能力回头重新活一次。所有的因都是果。

“冬好，哥对不起你。你知道吗，哥是个坏人，哥把一切都毁了……”

秋生说不下去。他已经有多少年没哭过了？自坐牢那天起，他没哭过一次。他不明白自己怎么就失控了。他掩着脸，调整呼吸，让自己的心情平静下来。

冬好走过来，摸了一下他的头。他抬头看冬好，冬好正在傻笑，好像她刚才看见一件滑稽的事。

再次回到那条林荫道，秋生看到昨晚那个坐在轮椅上的男人，他突然反应过来，此人就是十八年前被他打残的那位。秋生的心紧了一下。

从牢里出来时，秋生打听过这个人。他想和那人和解。但秋生没有找到他。人们说，那个男人被打残后就在永城消失了。

七

母亲全身心投入到排练中。关于秋生的事不再提起。也许是她健忘的毛病又犯了。或者在一出戏面前，无论秋生还是别的事情都不是重要的。

排练十分顺利。团长在一次排练会上宣布九月一日正式公演。海报竟然也做好了。海报中，母亲放在最中间的位置。边上是夏生和庄凌凌。夏生想，团长难道真的相信母亲有号召力吗？母亲看了海报当然很高兴，她谦虚道："怎么把我放在演员中，我是幕后。"团长说："戚老师是永远的演员。"

后来夏生想起演出那天出的状况，认定是这张海报惹的祸，是这张海报激起了母亲内心的渴望。夏生是事后知道的，演出那天，母亲让王静偷偷给庄凌凌吃了十颗安眠药。庄凌凌昏睡了过去。母亲是这么对王静说的："你不想当配角对吗？你有一次首演的机会，如果你首演成功了，观众喜欢，谁也取代不了你。"王静因为戏份不多，排练时也没太上心，要换成主角，那么多唱词要背熟哪来得及。母亲鼓动道："你有一个下午的时间记台词，你的角色我来演。"王静内心惴惴，还是经不住诱惑，愿意冒险。

到了开演前半小时，庄凌凌还没出现，团长问夏生，庄凌凌去哪里了？再不到，化妆都来不及了。夏生也不知道庄凌凌下落，打了无数个电话，通了，没人接。夏生想，果然自己的预感没错，究竟还是出了状况。夏生长长叹了一口气。这时王静胆怯了，她没有准备好，她不敢向团长提出来自己可以取代庄凌凌演。眼看着首演要砸，团长着急，票都卖出去了啊，市领导也都请了啊，这可怎么办。他狠狠地骂了庄凌凌几句娘，关键时掉链子。这时，传来母亲笃定的声音，母亲说："如果实在没办法，我可以救场。我只演一场，以后还是庄凌凌的。"团长看了母亲足足有一分钟，脑子里转过排练时母亲指导的画面，长长地松了口气，命令化妆："你们站着干吗，赶紧给戚老师化妆。"

等庄凌凌醒来，赶到永城大剧院，戏差不多快结束了。她坐在最后一排，她以为是王静取代了自己，不是，是戚老师。在愤怒之际，她瞥见在她前面三排左侧坐着一个熟悉的身影，她认出是秋生。她没多想秋生何以在此，她的情绪在失控的边缘，几乎要哭出声来。她最终还是与这部戏擦肩而过。她付出了这么多心血，白忙一场。命运是多么不公。

庄凌凌定了定神，开始看戏。戏曲是重彩宽袍，戚老师扮相依旧姣好，岁月并没有减损戚老师的舞台风采。她承认戚老师演得非常好，同时，她因为错过了首演，杀人的心都有了。戏的高潮处，全场观众都在流泪，她也在流，只是她流的是愤怒之泪。但是她不能这时候冲上台去发飙，她忍着，等待着戏结束。

母亲在晚上十点四十分离开永城大剧院。她眼前还浮现着庄凌凌打向王静的那记闪电般的耳光，就好像真的有一道光在庄凌凌的手掌和王静的脸颊间闪过。她不意外。这是剧团里经常出现的场景。当庄凌凌把愤怒的目光转向母亲时，母亲非常冷静，说："庄凌凌，以后的戏都是你的，我只是救场。"团长热烈应和，对母亲感激不尽。母亲卸完妆，离开了剧场。母亲知道这是首演，团长会带着演员们去永江边吃夜宵。团长叫母亲了，她当然不能去，天知道接下来还会闹出什么是非。另外，晚上的演出耗尽了她体力，她只想早点回家。

路过蓝山咖啡馆，母亲想喝杯咖啡提提神，顺便歇一会儿。她推门进去，走过一个类似车厢的包间，看到两个人坐在那儿。正面坐着一个穿黑色夹克的男人，相貌堂堂，好像在哪里见过。也许没见过，长得像他这样的男人蛮多的。另一个她只能看到后脑勺。她看到“后脑勺”手中拿着照片，上面竟然是秋生。她顿时警觉。她听到他们的谈话，她没怎么听清，她听到定金以及事成后在这儿支付之类的话。

母亲要了一杯咖啡，在他们边上坐下。现在她听清楚了，他们的谈话越来越让她相信秋生在危险之中。她喝了一口，咖啡太烫，她呛着了，轻咳了几声。那两个人站起来走了。她赶紧跟上去。她还没买单，被服务生叫住。那两个人回头。她看清那个“后脑勺”的脸，一只眼睛贼亮，另一只眼睛飘忽不定，好像在看另外一个地方。此人很瘦，骨架很大，双手会不自觉颤抖（刚才他拿着秋生的照片时就在不住抖动），看上去有些神经质。两人警觉地看了她一眼，转身走了。那台超大电视机这会儿正在重播奥运会开幕式，不过把声音调成了静音。此刻电视机上满屏烟花，透着落寞的气息。

外面是深不可测的夜。街灯暗淡，车流已过了高峰，街头行人已稀。走出广济巷，到了解放路，看到城隍庙飞檐上的小灯泡展现庙宇的轮廓，其余部分都沉入黑暗之中。母亲想起当年带着秋生在城隍庙小吃摊前吃各种小吃，秋生食量惊人，令她惊叹。这段日子，她喜欢回忆从前，可能记起来的关于孩子们的事并不多。许多年来，她就像一束光，射向远方，从不回首。从前的生活都沉入重重黑暗之中。

夏生回来的时候，看到母亲一副心事重重的样子。夏生以为母亲在为抢了庄凌凌戏而不安。

庄凌凌没去吃夜宵，夏生也没去，晚上夏生一直在庄凌凌家安慰庄凌凌。庄凌凌忍无可忍，当着夏生的面对母亲口出恶言。庄凌凌一边哭，一边说，有一段日子，庄凌凌为了学戏，住在省城母亲家。那时候母亲在省城刚刚起步，每天很晚回家。母亲回家时，庄凌凌殷勤伺候母亲，给母亲打洗脚水，给母亲敲背。母亲往往在这样的放松中睡着了。庄凌凌来省城有自己的目的，她想母亲带她去见见戏曲界的重要人物，她还想在省城的剧团发展。母亲没那么细心体察一个学生的梦想，真以为自己请了一个用人来。庄凌凌说："你母亲就是个自私鬼，她老了才想起你们，天底下哪里有这种人。"夏生没辩驳。母亲确实自私。后来要不是团长来电话，要庄凌凌准备好演明天的戏，夏生恐怕现在都回不来。

母亲对今晚的事没有任何不安。母亲问了个奇怪的问题："秋生的生意很危险吗？"夏生说："我怎么知道，怎么了？"母亲说："你怎么一点不关心秋生？"夏生想，秋生轮得到他关心？夏生没回话。

八

与往常一样，早晨，秋生走着去公司上班。接近永江时，秋生闻到了空气中特有的海腥味。永江的出口是大海，海水会通过潮汐灌入永江，江水带着咸味，阳光一照，海的气味会更浓烈一些。有一些人在往永江边跑，秋生猜想，江边可能出事了，即便是盛夏也难以阻挡人们围观的热情。

昨天晚上，秋生偷偷溜进剧场看了夏生的新戏。他没告诉任何人。当他看到夏生和母亲同台演出时，惊讶得下巴都要掉下来。母亲怎么会登台演戏？一会儿他见怪不怪了，在母亲身上出什么幺蛾子都不足为奇。戏很精彩，秋生看录像时发现的一些问题都得到了改善。母亲还是保持着对戏曲的敏锐感受。

秋生怀着温柔之心看完了母亲和夏生主演的戏。秋生承认母亲身上天生具有一种让人原谅她的气质。母亲身上有一堆毛病，她自私、说谎、逃避责任，可她一旦穿上戏服，站到观众面前，这些毛病顿时变得不那么重要了，她的光芒让这些毛病显得无足轻重。这大概是母亲如此折腾还能走到今天的原因。

过了老江桥，那个坐在轮椅上的男人在马路的转弯处出现了。已经是第三次了。他不知道这男人想干什么。人世间时有死结，但也总能找到解决之道。秋生想了想，朝那人走去。男人对秋生露出古怪的微笑。秋生注意到这个丑陋男人的目光依旧带着冷酷和高傲。秋生站在那人面前，无话找话："这鬼天气，越来越闷热了，从前可没这么热的。"那人对秋生搭讪没感到奇怪，只是抬头看了看天，没有回答秋生。天很蓝，有几朵白云在天边一动不动。好像是为了让那人看清他的脸，秋生蹲了下来，说："还认得我吗?"那人一脸严肃看着秋生，一会儿突然笑了，他摇摇头，指着自己的脑袋，说："我这儿坏了，被人打坏了，什么都记不得了。"秋生说："我们是不是找个地方喝一杯?"那人低下头，看着人行道，几只蚂蚁在人行道砖块的缝隙间爬行，那人伸手把其中的一只掐死。他抬起头，轻声说："我和你不认识，为何要坐在一起喝酒?"秋生很失望，既然这男人假装不认识自己，只好算了。人生的死结常在一念之间。一念成佛，一念成魔；梦幻泡影，如露如电，皆生于一念。秋生轻轻拍了拍男人的肩走了。

快到公司时，秋生回头朝那边张望，一个瘦长的家伙在问坐在轮椅上的男人一些什么事。不过从两人的表情看，他们显然是不认识的。秋生注意到那瘦长的家伙有一只眼睛好像患了白内障。

秋生走进办公室，站在办公室窗口，看着街上的一切。他看到在办公室东边那个路边公园里母亲正神色紧张地往这边张望。秋生想，也许上次对母亲太过分了，母亲不敢再进公司。脱了戏服的母亲光芒不再，瘦弱、苍老，缩小了一号。母亲老了，孤单了，可她终究是位母亲，不管以前她多么折腾，老了总还是想得到儿女们的认同。一会儿，秋生看到那个瘦长的家伙出现在公园里，母亲向那家伙走去。

秋生吩咐保镖把母亲接上来。当他再次站到窗前时，母亲在街头消失了。

九

上午十点半，母亲出现在剧团。母亲变成了光头（原来母亲头上是假发，夏生和她一起生活了一个多月竟没发现），她的衣服沾满血迹，样子十分骇人。夏生从小害怕见血，见血就会晕过去。夏生努力让自己镇静下来，想，看来母亲重病不是假的。夏生很内疚，他一直不相信母亲已病入膏肓。母亲苍白的脸上表情庄重，甚至带着某种不明所以的骄傲，和母亲平常的不成熟判若两人。剧团的人围着母亲，问："戚老师，你怎么啦?"王静因为受到母亲的欺骗，在一旁不以为然地冷笑，说：“大白天的，戏还没开演呢。”母亲没理王静，对夏生说：“夏生，你跟我来。”夏生说：“好，我这就送你去医院。”团长派了一辆车，要送。母亲拒绝，她说：“我找夏生有话说。”夏生跟着母亲来到一个角落。母亲说：“夏生，你听好，我杀人了，你送我去派出所自首。你不要担心，我是将死之人，我不怕。”

夏生再次来到秋生的办公室。秋生已听说了母亲的事。秋生非常震惊，不过秋生并不奇怪母亲做出这样的事。少年时在省城，秋生骑着自行车带着母亲在一条小巷子穿行，有一次秋生差点撞着一个小孩，幸好及时刹车。孩子的父亲身材魁梧，大概也被吓坏了，一把将秋生从自行车上揪下来，要揍秋生。就在这时，母亲冲过来揪住那个男人，高喊，你敢动一下我儿子看看，老娘杀了你。母亲的气势把那人镇住了。母亲的身体里面藏着惊人的能量。

秋生接过夏生递过来的一只用来装文件的信封。

秋生看到信封，就想起黄德高。这是黄德高的单子。谁装在这个信封里谁就意味着死亡。昨天秋生看戏回来，在娱乐城见过黄德高，黄德高是特意来向他告别的，说明天他将飞去香港，不回来了。黄德高舒了一口长长的气，好像因为吐出这口气而感到无比的轻松。一会儿，黄德高带走了一位小姐。

秋生打开信封，从里面抽出三张照片。他看到自己的“尊容”。秋生不是没有想过这一出，但看到一个装入信封的自己，还是超出他的想象。最近的娱乐城发生的一系列事情，让他警觉，但他没想到如此危险，竟有人想置他于死地。他思考背后的人是谁。是那个被他打残的男人吗？或者是某个对“锦瑟年华”另有所图的江湖中人？他了解过那天来店里打砸的那帮年轻人的身份，是来自秋生从前老板的死敌。难道因为老板隐退江湖，他们就拿他来复仇泄恨？但如果那人想要解决他也不需要黄德高啊，他手下的人就足够。假如是坐在轮椅上的男人，也不合惯例，他已经出来这么多年了，为什么此时才来报仇？后来警察问秋生时，秋生并没有提起那个轮椅上的男人，老板的仇人也没有提及。江湖的事江湖解决。

“她在看守所？”秋生问。夏生点点头，说：“她生病是真的，她说，她会在一个月后死，是医生告诉她的。”秋生把头转向窗外。天越来越热了，街角的那个公园植物蓬勃，点缀其中的花盆里开着缤纷的花朵。只是再也见不到母亲的身影。

“她想你去看她。”夏生说。秋生白了夏生一眼，他当然要去看的，难道他是一个如此铁石心肠的人吗？夏生总是对他充满误解。秋生又从信封里抽出照片，看了一眼。母亲经常说的一句话是“你是我拿命换来的”，这一次母亲真的是拿命换了他的命。

秋生在看守所看见母亲时，母亲的脸上露出天真的笑容，那是一种从心里涌出的笑容，一种满足感，根本看不出她刚杀了人。

“我知道你会来看我的。”这是母亲说的第一句话。

秋生强忍住自己的情感，握住母亲的手。母亲的手很小，很柔软，好像没有骨头，也没有重量。他很难想象这双手怎么有力气杀人。听说她包里藏着刀子，让那个左眼患白内障的家伙一刀毙命。

“你怎么找到那个人的？”秋生问。

“天意。”母亲说，“你相信有天意吗？”

秋生不信。不过他没说。

“现在你安全了吗？”母亲问。

秋生没回答。

“警察介入了，应该没事了。”母亲断定。

秋生仔细看着母亲，瘦弱的母亲给他一种轻如鸿毛的感觉，秋生想起放在手心的死去的麻雀（刚才握住母亲的手就是这种感觉），死去的麻雀没有一点点重量，好像因为死亡，麻雀的肉身也跟着消失了，只留下一身的羽毛。母亲没有把假发戴上，光头的母亲并不难看，母亲的头型匀称，看上去像画片上的尼姑。秋生看过母亲演尼姑的戏，不过那时候并没剃发，化妆师把母亲的头发藏在人造的头皮下，头形和现在完全不一样。他看到母亲神色安详，好像她因为终于做了一件早该做的事而心安理得。

母亲看到秋生瞅她的头，说：“化疗的缘故，头发全掉光了。”

“为什么不治了？”秋生问。

“没必要。我倒想活。有一天我和医生闹，让医生告诉我还能活多久。医生被我烦死了，一生气就告诉我，最多三个月。我愣住了。我问他真的假的。医生没回答，我知道是真的。”母亲看了秋生一眼，又说，“我就从医院逃出来，回永城了，我得在死前看看你们。”

秋生一直知道母亲是勇敢的。比父亲要勇敢得多。秋生又想，母亲生这么重的病，独自住在医院里也没告诉他和夏生，母亲表面上简单，实际上心里什么都明白的吧。

秋生搞到了母亲的病历，给母亲办了保外就医。母亲不肯去医院。秋生威胁母亲，不去医院就得去看守所。母亲还是乖乖听话了。进永城第一医院后，照例是一系列的检查，动用各种仪器。对于这种检查，母亲很不耐烦。秋生说："检查一下也好的，万一北京检查错了呢?"说着秋生把母亲从床上抱起来，放到检查床上。秋生抱着母亲，再一次想起死去的麻雀。母亲身体的瘦弱程度让秋生吃惊，真的没有一点分量了。母亲搂着秋生的脖子，诡异地笑起来，像一个孩子一样配合。秋生想，他和母亲从来没这么亲近过，这让秋生感到心酸。

医生看到检查结果，非常吃惊，几乎不敢相信。医生说，照例来说母亲应该失去意识了，但母亲看起来尚好，这是奇迹。

一天，病房里只有夏生和母亲，母亲突然说："我想去看看冬好。"夏生想，母亲终于想起冬好来了，他以为母亲早已把冬好排除在记忆之外了。夏生说：

“好，我向医生说明一下，明天上午我陪你去。”母亲说：“不用同医生说，医生很烦。”夏生点了点头。母亲说：“冬好能认出我来吗?”夏生不响。母亲说：“上次她没认出我来，当自己是孕妇，摸着肚子，一直喊着宝宝。”夏生看着窗外。每次想起冬好，他都心情沉重。

早上，夏生很早就起来了。天色微明。他来到医院时，看到母亲一个人坐在黑暗中，早已梳妆打扮好了，身上穿着回永城时穿的那件浅绿色旗袍，为了遮掩病容，脸部施了厚粉底，唇膏也涂得艳。母亲去公共场合向来是隆重的。

一会儿，两人乘公交车去康宁医院。车上，母子俩没说话，母亲看上去心事重重。母亲这会儿在想什么呢?夏生偶尔会去看冬好，回来后要好些日子才能平复内心的压抑和悲伤。每次夏生都是怀着恐惧去看冬好的。

公交车在大庆路站停下来时，母亲也没同夏生打招呼，突然跳下了车。夏生也跟了下去。母亲脸色苍白，穿过车站后面的人行道，穿过人行道边的树林，径直来到建筑物的墙边，无力地瘫坐在水泥地上。她的双眼早已沾满了泪水。母亲说起她那次去看冬好的情形。那天，冬好突然说起小时候的事情，说妈妈偏心，总是把好吃的偷偷塞给秋生，还告诉秋生不要同冬好说，冬好会记仇的。母亲吓了一跳，以为冬好终于清醒过来了，激动地对冬好说，冬好，你醒了对吗？你认出妈妈来了对不对？冬好，是妈妈不好，你要吃什么，妈妈这就买好吃的给你。冬好没醒，冬好没理会母亲，脸上露出仿佛看透一切的微笑，慢慢地，那微笑变成了试图控制又抑制不住的狰狞大笑……母亲边哭边说。

母亲终于平静下来。母亲已没有勇气去看冬好了。夏生想，不看也罢，看与不看又有什么区别呢？对冬好来说，一切都已没有意义了。夏生叫了辆出租车，和母亲回到了医院。那天，母亲一整天情绪低落。

十

这之后，母亲的身体每况愈下，她看上去极度憔悴，同先前判若两人。好像看望冬好这件事彻底击垮了母亲。母亲出神地看了一会窗外。医院在闹市区，窗外是高楼，在高楼的间隙能见到天空的一角，像一块巨大的蓝色玻璃屏，屏上，零星有几只鸟儿飞过。秋生经常来陪母亲，这会儿他安静地坐在母亲的对面。

“秋生，你说你爸还活着吗？他怎么就突然消失了呢？有好多个晚上，我以为他回家了，打开门，门外什么也没有。”母亲说。

秋生不敢看母亲。自从父亲离家出走后，这个家再也没提起过父亲。秋生以为母亲应该早已把父亲忘得一干二净了的。她后来有那么多次婚姻。

“他要是死了，我可以去见他了。我要向他道歉对不对?”母亲的目光看上去十分无辜，好像孩提时代在学校里犯了一个小错误。

秋生实在忍不住了，在母亲耳边轻语了几句。母亲睁大眼睛，惊异地看着秋生，一会儿，泪水夺眶而出。

脆弱的肉身不存在什么奇迹。母亲不是金刚不坏之身。母亲入院后第三天，病毒迅速地攻城略地，占领了她的身体，她因此陷入长长的昏迷之中。其实秋生早有准备，医生告诉了他，母亲可能随时会昏迷。

在母亲昏迷的阶段，秋生和夏生一直陪在身边。病房很安静，只住母亲一个人。病房是秋生想办法搞到的。母亲一辈子热闹，在最后的时光让她安静些吧。兄弟俩偶尔说说话。秋生说：“戏很好，你演得很好。”夏生说：“你来看了？”秋生说：“对，首场。”夏生说：“那你也看了母亲的演出。”秋生说：“没想到，我把钱都花在自己人身上。”夏生吃了一惊，看着秋生。秋生说：“对，赞助的钱是我出的，我让孙少波出面的。”夏生有些动容，想秋生平常对他恶声恶气，反感他演戏，可还是愿意帮助他。夏生说：“谢谢你。”秋生摆了摆手，不再说话。

中途母亲奇迹般醒来过一次。母亲醒来时精神状态意外地好，这使得秋生和夏生生出新希望。但医生说，这只是回光返照。母亲对夏生说，你把庄凌凌叫来，我想同她说说话。夏生有些犹豫。不过母亲温和地说，别担心，我会同她好好说话的。

庄凌凌来的时候，母亲把夏生支开了。病房里只有她俩。庄凌凌已经不生戚老师的气了。主角最终还是她的，并且演出如第一场那样成功。她感到在这出戏里，她不是在表演，而是在生活。对她来说这是全新的感受，戚老师的指导功不可没。庄凌凌早想来看望的，夏生一直没有同意。夏生怕庄凌凌的看望会影响母亲的情绪。夏生说，她抢了你的戏，她会以为你是去报复她呢。病房的空调发出轻微的声音，母亲身上插着输液针，脸色苍白并且消瘦。母亲指了指床边的一把凳子，让庄凌凌坐下来。

母亲伸出右手，握住了庄凌凌的手说："小庄，谢谢你照顾夏生。"

庄凌凌吓了一跳。她和夏生的事一直瞒着戚老师，为此这些日子以来他们都不太见面，哪知她早已知道。庄凌凌一时不知如何回答。

"我不是好母亲，我都记不得夏生小时候的样子了。"母亲说。

庄凌凌当然记得。那会儿母亲在省城风头正劲，庄凌凌意识到自己在省城没有前途，回到了永城。她见不得三个孩子无人照料，尽可能地去照顾他们。她最喜欢夏生。夏生天性仁义乖巧，讨人喜欢。不像秋生，对世界有仇似的，对谁都恶狠狠的。

“夏生老是缠着我。”庄凌凌想起夏生，露出甜蜜的笑容。

庄凌凌没有同任何人讲过她和夏生的事，现在她很想讲给夏生的母亲听。她说，夏生小时候喜欢跟着她，像个吃屁虫。庄凌凌和别人聊天时，夏生在庄凌凌身上爬来爬去。有人开玩笑，说夏生是不是庄凌凌的私生子。庄凌凌并不反感这样的叫法，反倒开心地笑了。

“这我记得，夏生小时候喜欢到你阁楼里睡觉。”母亲说。

庄凌凌脸红了。夏生的生理开始变化的时候，庄凌凌不再带夏生去法院巷阁楼了。夏生却像个鸦片鬼一样，每天晚上出现在庄凌凌的小楼外，久久不肯离去。这样闹了一个月，庄凌凌心软了，放夏生进来。最初什么也没发生，但总归还是会发生的。夏生和庄凌凌是正常的男女。那年夏生只有十五岁。一开始，庄凌凌还是有罪恶感的，她觉得她和夏生之间不应该这样的，夏生还未成年，而她和他的年龄相差悬殊。她和夏生之间的关系注定是极为隐秘的。这期间庄凌凌一直没找男朋友。

夏生二十岁那年，庄凌凌提出给夏生找一个正牌女友。庄凌凌说，我们不能一直这样不明不白在一起啊。再说，我不可能和你结婚的，你妈会杀了我。夏生想了想，同意了。他觉得庄凌凌需要一个正常的婚姻，她都三十多了，他不能太自私。在庄凌凌的安排下，夏生认识了一个女孩。女孩是个戏迷。那时候，夏生在舞台上已崭露头角，女孩特别崇拜他。他很快和女孩同居了。女孩虽然小鸟依人，什么都由着他，什么都听他的，但他不太适应一个需要他照顾的小女人。另一个困扰他的问题是他的身体强烈想念庄凌凌，即便在和女孩做爱时，抚摸着女孩青春而单薄的身体，他会想象庄凌凌，想象和庄凌凌的肉体欢娱。他觉得这是一种罪恶，对女孩极其不公。

有一天，夏生听说庄凌凌处了男友，并且在那阁楼同居了。夏生像疯了一样，他无法想象自己的生活中没有庄凌凌。夏生迅速甩了那小女孩，回到庄凌凌身边，赖着不肯走。庄凌凌心软了，说了一句冤家，让夏生回到她身边。一晃就过去了十多年。

“你们为什么不要一个孩子?”母亲说。

庄凌凌吓了一跳。难道戚老师不知道她和夏生的年龄差距吗?她会老去，而夏生正值壮年，夏生总有一天会厌烦她（事实上她现在越来越不自信了)，她不确定和夏生能走多久。

“你们要个孩子吧。你会是个好母亲，不像我。”母亲说。

庄凌凌愣住了，想，毕竟是女人，戚老师老来也会生愧疚之心。为了安慰她，庄凌凌开了个玩笑：“夏生守着我这个老女人是不是太亏了?你做母亲的舍得?”

“你还很年轻啊。我在你这年龄，折腾个没完呢。”母亲说。

“我现在连夏生都对付不了，还折腾啥啊。”庄凌凌笑道。

“夏生是真心喜欢你，我刚到永城那天，你带着菜到夏生家来，我一眼看出你和夏生的关系。夏生看你的目光都让我嫉妒。”母亲说得尽量轻松，“除了夏生他爸，我后来再没遇见过这种目光。”

说到父亲，母亲目光突然变得幽深，她直愣愣地看着庄凌凌。庄凌凌觉得母亲的灵魂此刻似乎就聚在她明亮的目光里。母亲说：“我要和他爸团聚了，夏生就拜托给你了。”

后来，庄凌凌同夏生说过这句话。庄凌凌对夏生说，她不忍看母亲的目光，那天她从病房出来后，一直在流泪。

十一

很快，母亲又进入了昏迷阶段。这次是深度昏迷，母亲开始梦呓。有一天，母亲竟哼出曲调，曲调断断续续，不成旋律，不过夏生很快辨认出来，是父亲编的《奔月》。这个唱段因为母亲的传播，已是越剧的经典段落。在越剧风靡的年代，广播和收音机经常会播放这个唱段，很多戏迷都能随口就唱。这是母亲代表作，一出让母亲大放异彩的戏。不过对这个家来说，这出戏也许不是什么好事，谁能说得清呢。

几天以后，母亲昏睡过去，变得无声无息，只有各种插在母亲身上的医疗仪器在“嘀嘀嘀”地鸣叫。母亲没让任何人来打扰她。她在昏过去前交代秋生，她的亲朋好友来看她的话，都要拒绝。母亲爱美，她不想让自己不堪的一面示人。在昏睡的中途，母亲的眼角突然流出泪珠，她仰面躺着，使得流出的泪珠像是从一口深井中冒出来。母亲再一次开口说话了，不过听不清她在说什么。秋生和夏生听清了父亲的名字，也听清了秋生、夏生、冬好的名字。这是母亲第一次完整说出三个孩子的名字。母亲一直在重复一个句子，听了好久，夏生才听清楚，那句子是：原谅妈妈。

夏生流下泪来。秋生习惯性地把目光转向窗外。天气晴朗，那原本蓝色的天幕在夕阳映照下霞光四射，就好像天国降临了一样。

永城越剧团新排的戏广受欢迎，演出一直在继续。可能要连续演一个月。因为要演出，晚上夏生就不再去医院。那天演出结束，夏生去了庄凌凌家。好久没有亲热了，夏生对庄凌凌都有了陌生感。要不是庄凌凌主动，他可能不会上床。他现在没有欲望。夏生同庄凌凌讲起昏迷中的母亲唱《奔月》的唱段及叫唤父亲的名字。庄凌凌陷入沉思。夏生问庄凌凌在想什么。庄凌凌说："有一件事，不知道该不该说出来，关于你父亲的。"夏生愣了一会儿，看着庄凌凌。庄凌凌说："说到这儿了，还是说了吧。"夏生不响。庄凌凌说："你记得吧，有一段日子，我去省城找你妈学戏。"夏生当然记得。庄凌凌又说："《奔月》公演那天，你爸喝醉了酒回到家，当着我面大吼大叫。你爸是个文弱的人，我从来没见他这么疯过。他把我当成了你妈，他抱着我，伏在我怀里泣不成声。你爸说，他看见了那个官员欺负你母亲，可他一直忍着，无能为力，现在戏终于公演了，他已经受够了……那天他很狂躁也很软弱……我好不容易把你爸推开，你爸酒醒了，认出是我，我忘不了他当时的表情。"夏生听了相当吃惊，他没想到和庄凌凌处这么久，她竟瞒着他这么重要的事。庄凌凌说："你爸就是那天晚上离开了省城，在这个世界上消失了。其实我知道你妈的事，一直以为你爸不知道呢。后来我一直想，你妈当然是你爸最大的心病，可是他那天在我这儿失态是不是也是他离家出走的原因呢？你爸失踪后我还内疚了好一阵子。唉，你们家的人只有秋生像你妈，有韧劲；你和冬好像你爸，脆弱。”有好长时间，夏生不知道如何反应。夏生这会儿想着父亲。太久了，他已没办法想象父亲现在的样子，死了还是活着，两者都想象不出来。应该是不在人世了吧。

夏生的手机突然响了起来。是秋生来电。秋生的声音听起来有点哽咽，好像在哭，但又克制着。秋生说，妈走了。夏生猛然从床上坐起来，说，我马上过来。庄凌凌知道发生了什么，要和夏生一起去。“我总归算是她的学生。”她说。

十二

母亲曾经是一位明星，她的死无疑会引起公众的关注，但秋生不想渲染这事。他认为一个低调的葬礼符合母亲的心愿。夏生也同意秋生这么做。他们没通知母亲单位，也没让媒体知道。

母亲火化时只有秋生和夏生。

秋生早已安排好一切。当秋生捧着母亲的骨灰盒，走出殡仪馆大门时，一辆黑色奥迪等在门口。夏生跟着进了小车。一会儿，小车向东开去，那是舟山群岛的方向。夏生不知道秋生的目的，也没多问。他知道秋生的主意大着呢，一件事他如果插手了，就不会问夏生的意见。不过夏生担心秋生会把母亲的骨灰撒向大海。母亲可没有这样的遗嘱。一路上，兄弟俩没说一句话。夏生不时抚摸着一串绿松石珠子，那是母亲遗留在他屋子里的，他打算在母亲下葬时，放入墓穴里。

小车在一个小码头停了下来，那边停着一只快艇。秋生庄重地捧着骨灰盒，向快艇走去。秋生要把骨灰撒向大海的预感变得越来越真实，夏生停下了脚步。秋生回头瞪了夏生一眼，让夏生跟上。夏生来到快艇里边。夏生问："需要我抱一会儿吗?"秋生没吭声。他端坐着，腰板笔挺，好像在完成一个仪式。

四周是白茫茫的海水，原本混浊的海水突然变得清澈起来，好像海水在这里划了一条界线，他们进入到另一片海域之中。远处有几只渔船，一动不动，可能正在完成某个抓捕的动作。一群海鸥在头上掠过，发出几声凄厉的叫声。天空意外的蓝，阳光撒在海面上，海面反射的光芒晃得人眼睛生痛。夏生有点分不清天空和海面，好像他们此刻进入了另一个空间，好像是快艇在天空和海水之间开辟出了一个通道。这是惯于陆地生活的人在大海深处容易出现的幻觉。秋生沉默肃穆，目视前方。坐在后面的夏生不知道秋生在想什么。

半个小时后，眼前出现一个小岛。岛远看很小，上了岛倒是一眼望不到头，且植被丰茂。岛上有一个小寺院，寺院有三个和尚，其中当家的认识秋生。后来秋生告诉夏生，那和尚原本是个生意人，生意比秋生做得大，突然有一天，把公司卖了，买了这个岛，建了寺院做起了和尚。秋生说，这个岛是他介绍给他的。这个岛原来太荒凉了，需要有些人气。此人面容方正干净，若有光明。那两个打杂的小和尚，一个少年时杀了邻居家的一只狗，两家因此大打出手，父亲被邻居打成重伤，不久毙命；另一个说是女儿犯有癫痫，久病不治，发愿出家，求菩萨佑护他的女儿。

那和尚有一部手机，在岛上迎接秋生和夏生。想必秋生早已同和尚联系过了。和尚对着秋生手中的骨灰盒念了一会经，然后就不声不响地走了。夏生已不担心秋生会把母亲的骨灰撒到大海了。他想，秋生安排好了一切，自己跟着就是了。

秋生捧着骨灰盒向岛深处走。一会儿，夏生看到一个小山包，在向阳的位置，有两块墓碑。当夏生看到其中一块墓碑上的名字时，立在那里不动了。他只感到血液猛地涌上脑门，心里面一种长期压抑的情绪被唤醒了，让他想毁灭些什么或砸烂些什么。他暂时得忍受着，他得等母亲下葬。那墓碑边立了一个新的墓碑，上面写着母亲的名字。墓地整得很干净，别处树木枝叶散乱，杂草丛生，这个地方整得像一个花园（事后，夏生了解到那个和尚经常会来收拾一下）。秋生把骨灰盒放入墓穴，再用盖子盖好封住（边上早已准备了新拌好的水泥浆）。先是秋生跪下祭拜，再是夏生伏地磕头。

几乎没有任何停顿，夏生磕完三个头后，迅速转身，像狼一样扑向秋生，把秋生扑倒。这是夏生生平第一次向秋生攻击。兄弟俩扭打成一团。夏生看上去虽然没秋生壮实，但毕竟是平时练功的，动作灵活。最后两人力气耗尽，气喘吁吁地躺在地上一动不动。夏生没少挨秋生的拳头，浑身骨头都疼。疼痛让夏生获得了意想不到的快感。

“为什么你这么干？”夏生说，“他死了你为什么不告诉我们，你有什么权力不告诉我们？你知道吗，他下落不明让我们多恐慌？”

“我不想让你们难过。”秋生说。

“你没有权力这么做，对我们不公平。”夏生说。

两人躺在墓前的草地上，看着天空。天空是另一摊海，只是比海平静。母亲这会儿在哪里，在天上吗？在这么蓝这么平静的天上吗？有好一阵子，两人都没说话。过往的一切历历在目，可就是说不出来。

“你是怎么找到他的？”夏生问。

“他离家出走前给我讲过这个岛。他和母亲是在这个岛上相好的。”秋生说。

夏生从来没听说过这件事，略微有些吃惊。

秋生说，那时候父亲和母亲在舟山群岛的一个渔村当知青。就在远处那座岛上。秋生指了指远方。远方什么也没有。听父亲说，那岛很大，是一个镇子，父亲和母亲当年在同一个村子插队。母亲是个美人，经常有男人从大陆过来看她。父亲说，当时他感觉母亲好像认识全中国的小伙子。父亲是个才子，当知青前在艺校学习编导，会拉手风琴、唱苏联歌曲和越剧。父亲发现了母亲的天赋，私底下教母亲越剧。

有一天，父亲从老乡那儿借了一条小船，划到这岛上。哪知道，小船靠岸时撞到岩石上，撞烂了，他们只好留在这岛上等人来救。当时父亲和母亲都很紧张，这岛很少有人来，他们在岛上过了三天，都绝望了，后来来了一艘军舰把他们救了回去。父亲和母亲就是那三天好上的。

“回去后他们就结婚了，一年后有了我。”秋生说。

夏生没想到父母有着这样的往事，听着感觉像一个神话。

秋生说，母亲一度认为父亲是故意把船撞破的，说父亲是蓄谋已久。父亲就笑，父亲是真心喜欢母亲。父亲说当年在岛上一点也不害怕，他觉得就这样死去也没什么大不了，他感到心满意足。结婚那几年父亲很幸福，也很甜蜜。母亲不是一般的女人，讨男人喜欢，父亲当年把她当成掌上明珠——这样形容不对，但真的是那样，父亲惯坏了她。他们回城后，父亲去了文化馆，母亲去了华侨商店。不久，在父亲帮助下，母亲考入了永城越剧团。就是那段日子，父亲开始写《奔月》这出戏。

父亲是在出走前一年给秋生讲这个故事的。《奔月》首演后，父亲神秘失踪，留下《奔月》红遍了大江南北。秋生一直在找父亲的下落，有一天他突然想起这个故事，于是来到小岛，发现了父亲的遗骸。他是凭着身边的遗物确认了父亲的身份的。遗物里有一块钻石牌手表。秋生把父亲埋在了小岛上，没告诉任何人。

秋生和夏生还躺在草地上。岛上的天气比陆地要湿热，他们的衣衫早已被汗水浸透。夏生朝寺院方向望了一眼。寺院被巨大的菩提树掩蔽，显得安静而清凉。天边突然布满了云彩，把整个海面都映红了。但慢慢云层变成灰色，天空变得阴沉起来。

“你们演的那出戏是父亲写的，本子我是在岛上发现的，在父亲的包里，用一只塑料袋包裹着，所以字迹没有损坏。你说巧不巧，这戏他是为母亲写的，老天有眼，结果首演竟然真的是母亲。”秋生仿佛在自言自语。

夏生侧脸看了看秋生，这一次他竟没有感到奇怪。他在看剧本和排练时，脑子里多次闪过父亲的形象，这是直觉吗？

“三个月前，我搬家翻出这本东西，我让人打印了一份，托人交给庄凌凌。庄凌凌看了剧本像疯了一样，吵着闹着要搬上舞台，后面的事你都知道了。”秋生说。

夏生想，难怪庄凌凌一直不肯说出此剧的作者。夏生以为这是庄凌凌的把戏，她想演主角，把剧作者搞得越神秘越好，免得团长直接去找剧作者而把庄凌凌撇在一边。看来庄凌凌根本不知道剧作者是谁。

“你手上的珠子是母亲的？”秋生问。

夏生看了看手腕，没回答秋生。刚才因为太生气，忘了把珠子留给母亲了。不过他觉得这样挺好，也算有个想念。夏生想象当年父亲和母亲在这个岛上的情形。他好像代替了苍白的神经质的父亲的目光，看着当知青的母亲。母亲眼睛里都是光。她总是这样，一直以来眼睛里永远有一缕光，好像有无限的前程等着她，好像她的人生会无比精彩……不过得承认母亲的人生真的很精彩。

“这珠子能送我吗？”秋生说。

夏生犹豫了一下，把珠子从手腕上撸下，递给秋生。两人沉默不语，看着天空。这时从秋生口中突然传来尖细的越调：

吞灵药，生翅膀，入了广寒门，
晓星沉，云母屏，独对烛影深，
寥廓天河生，
寂寞云裳赠，
空悔恨，
碧海青天夜夜凡尘心……

秋生唱的是《奔月》的经典唱段。夏生想母亲说的没错，秋生真的能唱戏。唱的是青衣，竟唱得这么好。他侧脸望向秋生，秋生眼角挂着泪痕。

中午大和尚准备了素食。吃饭的时候，天阴沉得更厉害，好像马上要下暴雨。因为晚上夏生还有演出，夏生有点担心海面会起风浪，快艇开不了。要是回不去，团长会急死，票都卖出去了的，而他的角色没有 B 角。吃过中饭，夏生催秋生赶快上快艇回本岛。还好，虽有点小雨，海水依旧平静。一会儿就到了小车停泊的码头。他俩坐上车回永城。车过永城二中，秋生让司机停车，自己跳了下来。秋生对司机说："你送夏生回团里，我想在这儿转转。"秋生沿着学校外铸铁围栏向河边走。刚才阴沉沉的天气突然放晴了，有一缕阳光从云层中穿出来，照耀在河岸边的青草和树叶上，世界焕然一新。

秋生来到桥头，趴在桥栏上。有两个工人在河道上清理淤泥和垃圾。河道比过去干净了许多。这条小河曾经浑浊不堪，河面上总是漂浮着快餐盒、塑料泡沫、垃圾袋，有时甚至还有避孕套。秋生读书那会儿，河道经常散发着工业臭味，在教室里都能闻到硫黄的气味。一个工人操纵着一条机帆船，发动机发出脆响，大约因为河面安静，发动机声并不喧闹。河道里没有太多东西需要处理，他们显得很放松，那捞淤泥的工人甚至故意把水洒到开船那位身上。开船那位大呼小叫起来。

他们慢慢来到桥墩下，那个捞淤泥的人似乎在水下碰到了什么，脸上露出少见的认真来，他使劲拉杆。杆被什么东西缠住了。开船的那位去帮忙。一会儿一辆自行车从水中浮了起来，其中一个趴在船边紧紧地抓住了它。自行车染上了污泥，经水冲洗后一下子变得簇新，油漆基本完好，只是钢圈处生了一些锈迹。那两人像捡到宝一样，脸上布满了笑意。

秋生认出了这辆自行车。他的脑海中浮现出多年前的那一幕：他骑着这辆凤凰牌自行车，带着冬好在漫漫长夜中穿行。329 国道路况极差，自行车时刻处在颠簸之中，有好几次秋生差点摔倒在路边的沟渠里……

桥头围观的人多了起来，人们对在这里捞起一辆自行车感到很稀奇。两人中的一个有点人来疯，他像大力士一样把自行车高高举起。阳光投射到那人的脸和自行车上，看上去犹如一座雕像。

2020. 4. 25　一稿　杭州

2020. 5. 10　二稿　杭州

2020. 6. 25　三稿　杭州

代后记

情感和人性的胜利

编辑：感谢信任，第一时间就把《过往》传我阅读。这个小说读到最后，有一种恍若隔世的沧桑感和命运感。小说技术也非常完美，有一种繁复以及回旋之美，像一个圆，所有需要解决的问题都在这个圆内完成。阅读时不断有令我揪心或震惊的地方。这是我总体的感觉。我想问的第一个问题是关于小说中的母亲的，这无疑是一位特别的母亲，你怎么会想到写这样一位母亲？

艾伟：母亲确实是这部小说的出发点，也是我写作这个作品的兴趣所在。这位母亲是有原型的。十年前，我偶尔会在饭局上遇见L。她是越剧演员，称得上名角。她漂亮，有亲和力，是饭局上的宠儿。在饭桌上，她喜欢让所有人高兴。她不唱戏，而是讲笑话。她不怕牺牲自己的形象，常常把那些笑话放到自己身上。一边说笑，一边表演，模仿能力极强。我注意到她的表情，在放松的时刻，她没有任何提防，笑起来嘴角上扬，眯着的眼睛盖着长长的睫毛，好像眼睛也一样在笑。在这种场合她有迷倒众生的能力。我的一位朋友和她吃过一顿饭后迷恋上了她，还为她写了一本诗集。

有一次，她讲起她那不靠谱的母亲。完全是当笑话讲。她母亲也是越剧演员，是她那一代最好的演员之一。她说母亲是她的偶像，她成为演员和母亲不无关系。在她成长的岁月里，她几乎没见过母亲。母亲一直在忙自己的事，把她们兄妹几个丢在老家，自生自灭。母亲偶尔回家，也是来去匆匆。L说，她的母亲甚至常常忘记她的名字。那一次，L讲起小时候她给母亲打扇的事。L说，夏天母亲回到家，要L给她打扇子，每打一百下，可以给五分钱。那时候的五分钱刚好可以买一支冰棒。L打扇子的时候，母亲在躺椅上睡着了。L说，她那时候傻啊，想着扇子打得越多，赚钱越多，母亲睡着了，她还是打啊打啊，手都打酸了，舍不得停下来，哪里还数得清打了多少下。母亲醒来后，赖掉了，一分钱也不给。

编辑：我注意到小说中夏生小时候有给母亲打扇的细节，不过没现在你说的详细。

艾伟：是的，小说和生活毕竟是两回事。小说不可能穷尽生活中的所有，但小说可以让生活走得更远，更富戏剧性，情感也因此变得更为尖锐、丰富、饱满、深远。

还是回到L的故事。L成人后不太和母亲联系。后来母亲生病了。弥留之际，母亲想回家和儿女们团聚。兄弟姐妹全反对，L于心不忍，瞒着他们把母亲接了回来。那时候L刚刚离婚，她把所有的注意力都转移到母亲的身上，直到把母亲送走。L以为自己会恨母亲，没有，某种超自然的力量让L在母亲最后的时刻领受到残缺的母爱，她们在一起度过了一段温馨的时光。那一次，L说到最后，突然抱头痛哭。她说，对不起，让大家扫兴了。

这是我第一次见到她在饭局上失态。那天我被这个故事打动。关于母亲，在我们的文化中几乎有着神格化的寓意，母亲这个词自带光环，代表着仁慈、奉献、宽容和爱等美德。其实没有普遍意义上的母亲，我们生活中的母亲个性各不相同，也并不全然是那么完美的。我喜欢L叙述的这位母亲，我想写写这位不靠谱的母亲以及她的情感。有一次我见到L，我说，我想为你母亲写一部小说，可以吗？她说，好啊，没问题。

编辑：这事发生在十年前，为什么现在才写？

艾伟：十年前，我曾尝试着写这个故事，L 提供的细节太丰富太生动了，反而让我不知道怎么取舍。我当初想写个长篇，她家里的人真是每一个都生动有趣且有故事。我写了五万字后，发现难以继续，L 的现实故事一直在干扰我，使我无法飞升起来，我就放下了。一晃过去了十年。

2020 年春天的时候，我重新想起了这个故事。L 讲过的许多细节我忘得差不多了，那位母亲的形象反倒越来越清晰。于是我写下了这部叫《过往》的小说。我不知道小说里的母亲多大程度上和 L 的母亲契合。

编辑：2020 年是个特别的年份，我相信史学家会详尽记述这一年，这个全人类被“隔绝”的一年。这一年对个人来说也是一段特殊的时光，一些我们习焉不察的问题得以显现，每个人或多或少都会有反思，关于生命，关于死亡，关于社会和家庭，都需要重新审视和理解。这是你写这个故事的原因吗？

艾伟：我得老实讲，“隔绝”对我个人来说不是问题，我的写作生活本来就处在某种程度上的“隔绝”状态。写作就是个人独处，和人物为伴。当然了，这和社会意义上的“隔绝”还是有区别的。2020 年一定在我心里造成了影响，是潜在的、无意识的。这一年，我认识到人类的脆弱性，肉身的脆弱性，人在很多时候真是不堪一击的。从这个意义上说，家庭以及亲情对人类来说是多么重要。也许是无意识让我想起这位母亲。

但真正的触发点是窗外的鸟。我家住在钱塘江边，从我的书房里能看到钱塘江对面月轮山以及山腰上的六和塔。每天早上醒来，总是有一只白色的鸟——只有一只，在江上飞来飞去。我叫不出它的名字。它时而栖息在江边的树枝上，有阳光的日子，它可以在那一动不动几个小时。2020年春天，我突然发现，窗外的鸟多了四只。那只老鸟在哺育另外四只小鸟。那一刻我想起了L的母亲。

编辑：窗外的鸟很像一个隐喻，就像《过往》这部小说，你在处理难以割舍的亲情，这亲情甚至比我们以为的更为坚固、顽强。读《过往》时，我经常想起血缘问题，某种意义上说，对于我们中国人，血缘的力量几乎是超越一切的，是我们的生命里一种根本的存在。

艾伟：《过往》试图处理一个破碎家庭可能遇到的问题。其中涉及血缘伦理也不奇怪。但我前面也说了，这部小说的出发点就是想塑造一位不按常理出牌的母亲，一位在我们的文学谱系里很少见到的母亲。我想在这位不靠谱的母亲身上同样见出母性的光辉。在故事的另一个层面，在母亲的孩子们身上确实存在血缘的强大力量。

这部小说我还没给L读过，我打算出版后送她几本，希望L读了会喜欢小说里的母亲。

编辑：阅读这部小说的另一个感受是情感力量。许多地方特别令我感动，小说中那些压抑的情感突然爆发的时刻，很感人。我也注意到你近来的写作，似乎更关注人物情感以及深度。在中篇《敦煌》里，你书写了女性可能遇到的情感处境，对于女性的刻画应该说非常准确，阅读时常有代入感。

艾伟：写作《敦煌》时，我写作的野心已经非常低。我尽可以写得细微，尽可能把两性关系写得纤毫毕现。我希望每一位读者，女性读者也好，男性读者也好，或多或少可以在小说中找到自己的影子，哪怕只是一个念头。虽然这算不得是一个野心，但其实是一个极高的要求。

野心降低了，不过我所关心的问题还是会存在的。就我个人的写作来说，要说有什么追求的话，我可能是一位向人物内心、向人的精神世界掘进的作家。我相信，人不是我们习见的那个平庸的面貌，而是有着像宇宙一样深不可测的、谜一样的领域，有待我去探寻。

《过往》的写作同样如此。《过往》在《钟山》杂志发表后，《文艺报》有一篇评论，认为《过往》是“情感和人性的胜利”。我喜欢这个说法。

编辑：听说有一位女性读者和你谈起她阅读《敦煌》的感受。她认为《敦煌》是一部关于女性独立和解放的书。她还聊了些身边的故事，她说，像小项这样的女性，她身边很多。

艾伟：首先要感谢这位读者的阅读和分享。不过我写作时没想过关于女性独立和解放这么庞大的主题，可能因为《敦煌》这篇小说涉及到女性的生命和情感史，所以话题经常涉及“女权”。其实我不想说“女性主义”，一旦说起“主义”这样的大词，就会变得面目可疑。小说写作从来是对这些固有观念的质疑。

关于性别问题，我的观点和《敦煌》里的舞蹈家周卉一样。在小说里，周卉对小项说，她不是女性主义者，不过她是女性坚定的维护者。周菲认为女性不需要同情，而是需要赞美。

编辑：阅读《敦煌》时我有一种心痛的感觉。那天我们在出租车上聊天，我们一位共同的朋友说，读这篇小说时，他对女性充满同情，他还说他不愿给女友看这样的小说。

艾伟：我理解他的意思。现在毫无疑问是一个男权社会，谁都没有办法去改变，暂时也看不到可以颠覆这个文化基础的可能。这涉及根深蒂固的人类生活当中的权力关系，男性和女性在更隐秘的一个世界当中，有主导和被主导的关系。男性无论在家庭、职场还是两性关系中，确实有天然的权力。我不喜欢“同情”这个词，这个词隐藏着很强的男性优越感，但对女性的怜惜是一定有的。就我个人来说，书写女性，首先对女性要怀有尊重、敬意，这是写作者最基本的立场。

在《红楼梦》里，曹雪芹是真爱女性，一往情深。那种怜惜，就像日本人怜惜樱花。美好的事物就这样在人世间被损害。在中国这样一个男权至上社会，曹雪芹真是难得。他坚定站在女性这边。曹雪芹设置了一个前定的悲剧，从而衬出繁华的虚空，在繁华深处时时透着不祥和空寂，能够感觉到作者面对美好事物的消失时努力克制着大哭一场的那种深情。写作《敦煌》时，我或多或少有类似的心情。

编辑：我还想说“隔绝”。我发现无论《敦煌》里父母和陈波的关系，还是《过往》里母亲和子女的关系，或多或少存在交流的障碍，你意识到这个问题吗？

艾伟：我没想过。编辑也像批评家一样会概括吗？

我想每个作家当然会有他的知识谱系和精神背景，但当作家写作时，恐怕更多的是凭直觉。至于阐释这件事不能由作家说了算，作家说的往往不作数，读者也不能听作家胡说八道。

在《敦煌》里，陈波小时候被寄养在乡下这件事，我觉得不一定会造成陈波同父母的沟通障碍，所谓的童年创伤不见得是养成今天的陈波个性的原因，只是陈波的父母这样认为而已。我觉得对一个具体的人来说，更重要的是他的个人禀赋。在生活中，人是各种各样的，弗洛伊德理论似乎不完全适用于中国人。对中国人来说，世俗生活可以消弭很多问题。

编辑：让我们再回到《过往》，这篇小说里有一个家庭，当然这个家庭看起来破碎了，如前面说的，血缘关系依旧是黏合剂，是他们最为根本的关系，因为种种原因，他们彼此仇恨，他们只能用另外的方法表达爱，一种甚至是粗暴的方式表达爱，这里面有天然的戏剧张力，其中，秋生和夏生的关系非常有意思，他们对对方的爱可能连他们自己都不知道。

艾伟：有一些生命内部的东西是高于理性的，就像我们刚刚谈起的血缘一样，你讲不清道理。你谈到秋生和夏生是这样，夏生和庄凌凌同样也是这样，他们的关系是“剪不断，理还乱”，相当复杂。

我喜欢人物的这种复杂性。写这几篇小说时，我虽不再像过去那样怀有雄心，但关注人物的复杂性我是不会丢的。哪怕写一个短篇，我也还是想尽可能地写出人的复杂性。对小说而言，所谓人物的复杂性其实就是情感的复杂性。在构成的关系中，我尽可能地探询人物的幽微之处。

编辑：《过往》里有温暖的东西，有某种相信的力量，相信人们可以有重建破碎生活的能力。一切过往留在心里的不甘或疼痛，最终得到了抚慰或宽宥。

艾伟：以前我一直以为我是一个怀疑主义者，直到我写完《风和日丽》，回头看我整个写作，我才了解我一直是个相信人性的人。在早年的《乡村电影》里，我发现了施暴者守仁的眼泪，这是人性中依旧存留的善在起作用。人性或许会被很多东西蒙蔽，但我相信人性总会在某个时刻胜出，闪现其动人的光芒。

对我来说，小说是一种迷人的文体，我写下这些小说，我希望这些小说像一面镜子，照出我们内心隐秘的想象、情感和欲望。如果有什么奢望，我希望读者会记住《过往》里的这位母亲，希望这位母亲能以虚构的方式活在人间。

图书在版编目(CIP)数据

过往/艾伟著.—杭州:浙江文艺出版社,2021.7
ISBN 978-7-5339-6433-7

Ⅰ.①过…　Ⅱ.①艾…　Ⅲ.①中篇小说—中国—当代
Ⅳ.①I247.5

中国版本图书馆CIP数据核字(2021)第036506号

策划统筹　曹元勇
责任编辑　李　灿
文字编辑　伍华星
营销编辑　张赟喆　耿德加
责任印制　吴春娟
装帧设计　@ Mlimt Design
正文插图　王晨玥
书名题字　欧阳江河

过往
艾伟　著

出版发行　浙江文艺出版社
地　　址　杭州市体育场路347号
邮　　编　310006
电　　话　0571-85176953(总编办)
　　　　　0571-85152727(市场部)
印　　刷　上海中华商务联合印刷有限公司
开　　本　787毫米×1092毫米　1/32
字　　数　65千字
印　　张　5.25
插　　页　8
版　　次　2021年7月第1版
印　　次　2021年7月第1次印刷
书　　号　ISBN 978-7-5339-6433-7
定　　价　45.00元(精装)